세계인이 놀라는 한국의 시

세계인이 놀라는 한국의 시

초판 1쇄 발행일 · 2014년 4월 9일

지은이 | 이지엽·홍성란
펴낸이 | 노정자
펴낸곳 | 도서출판 고요아침
편집장 | 이세훈
편　집 | 김상훈

출판등록 2002년 8월 1일 제 1-3094호
120-814 서울시 서대문구 증가로 29길 12-27 102호
전　화 | 02-302-3194~5
팩　스 | 02-302-3198
E-mail | goyoachim@hanmail.net
홈페이지 | www.goyoachim.com
인터넷몰 | www.dabook.net

*책 가격은 뒤표지에 표시되어 있습니다.

ISBN 978-89-6039-625-8 (03810)

이 책은 〈詩의 도시 서울〉 시조의 보급 및 교육 사업 추진계획에 의거 서울시의 지원을 받아 간행되었습니다. 이 프로그램에 의해 교육을 받는 학생들에게는 무료로 제공됩니다.

세계인이 놀라는

한국의 시

이지엽·홍성란 지음

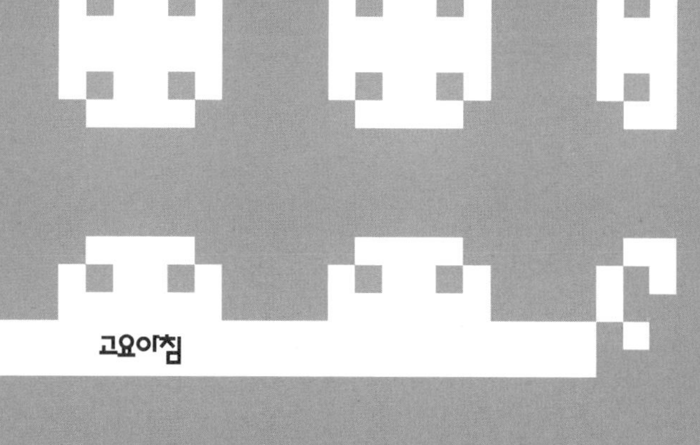

고요아침

| 서문 |

이 글은 시를 사랑하는 마음을 가지고 있는 학생들이 쉽게 시를 접하고 쓸 수 있도록 도움을 주기 위하여 이에 대한 노하우를 집약한 강의록입니다. 특히 시를 쓰는 일반론을 포함하여 세계인이 놀라는 한국 시! 곧 시조를 쓰는 여러 방법들이 많은 예시와 더불어 소개되어 있습니다. 이제 시를 배우는 학생 여러분을 대상으로 했기 때문에 누구든지 쉽게 따라할 수 있으리라 생각됩니다.

하나하나에는 시인의 실제 체험이 적지 않은 과정들과 함께 녹아 있어 여러분을 시의 길로 안내하고, 시인의 집으로 초대할 것입니다. 따라서 하나씩 연습하다 보면 자신도 모르게 달라져 가는 자신을 바라보게 되고 이윽고는 시의 집 주인이 되어 있는 자신을 발견하게 될 것입니다.

좋은 시인은 사물에 대한 따뜻한 마음을 가지고 있습니다. 시대를 사랑하고 나라를 사랑하고 민족을 사랑하는 마음을 가지고 있습니다. 또한 겸손하고 순수한 마음을 가지고 세상을 살아갑니다. 낮은 곳에서 아픈 곳을 어루만지고 그들 곁에서 그들의 시선으로 바라봅니다.

시를 사랑하는 마음을 가지고 있는 여러분이 모두 시인이 되었으면 좋겠습니다. 주변을 사랑하고 이웃을 위해 소망을 전달하고 따스함을 베푼다면 이 얼마나 좋은 일이겠습니까. 이 글을 통해 여러분 모두가 시의 집의 주인이 되어 현재 여러분이 살고 있는 집과 마을이 밝아지고 우리나라 곳곳이 아름다워지기를 바랍니다.

벚꽃, 개나리, 목련이 한꺼번에 왁자히 핀
2014년 봄 불광천 꽃길을 보며 지은이

세계인이 놀라는 한국의 시
| 차례 |

1

시의 탄생과 한국인의 생체리듬

1. 시의 탄생과 한국인의 생체리듬

가. 詩는 언제 탄생하는가?(시의 장르적 특성)

시는 어떻게 쓰는 것일까? 시를 쓰기 위하여 하루 종일 고민한다고 시는 써지지 않는다. 그런데 힘들이지 않고도 쉽게 시를 쓸 수 있다. 시가 탄생되는 방법을 알면 가능하다. 그렇다면 詩는 언제 탄생하는가? 여기에는 비밀이 있다. 시는 세계가 내게로 걸어오는 순간 바로 탄생된다.

나무 속으로 들어가네.
거기 빽빽한 세월 속에
나를 묻어버리기 위해.

내가 사라진 빈 숲에
푸른 잎들의 울음 메아리 치고
그늘 없는 나의 죽음 나무 속에 있네.

— 채호기의 「나의 죽음」에서

유성에서 조치원으로 가는 어느 들판에 우두커니 서 있는, 한 그루 늙은 나무를 만났다. 수도승일까. 묵중하게 서 있었다. 다음 날 조치원에서 공주로 가는 어느 가난한 마을 어귀에 그들은 떼를 져 몰려 있었다. 멍청하게 몰려 있는 그들은 어설픈 과객일까. 몹시 추워 보였다.

공주에서 온양으로 우회하는 뒷길 어느 산마루에 그들은 멀리 서 있었다. 하늘 문을 지키는 파수병일까. 외로와 보였다.

온양에서 서울로 돌아오자 놀랍게도 그들은 이미 내 안에 뿌리를 펴고 있었다. 묵중한 그들의, 침울한 그들의, 아아 고독한 모습. 그 후로 나는 뽑아 낼 수 없는 몇 그루의 나무를 기르게 되었다.

— 박목월의 「나무」 전문

두 작품을 상세히 살펴볼 필요가 있다. 두 작품의 시적 대상은 '나무'다. 그렇지만 이 시적대상을 형상화하는 방법이 다르다. 채호기의 「나의 죽음」은 서정자아가 나무 속으로 들어가는 것이고, 박목월의 「나무」는 서정자아 속으로 시적대상이 들어오는 것이다. 어디로 어떤 것이 들어가든 그 둘은 하나가 된다. 세상이 내게로 걸어들어 오거나 내가 세상 속으로 들어가면 여기에서 詩가 탄생된다.

이처럼 서정시는 자아와 세계의 동일화를 추구하는 데 있다. 서정시의 가장 중요한 특징이다. 동일화를 이루는 것은 자아가 세계로 나아가는 것과 세계가 자아 속으로 들어오는 것으로 나누어진다. 전자를 '투사', 후자를 '동화'라고 말한다.

나. 세계를 보는 4가지 방법을 떠올리자

① 술 익는 마을마다
타는 저녁 놀

② "털보네는 또 아들을 봤다우
송아지래두 불었으면 팔아나 먹지"
마을 아낙네들은 무심코
차그운 이야기를 가을 냇물에 실어 보냈다는
그 날 밤

이용악의 「낡은 집」은 털보와 털보의 가족의 고단한 삶을 통하여 파괴된 우리 농촌 공동체의 황폐함을 적나라하게 보여주고 있다. 이 서사적 얼개는 물론 털보 일개인으로 국한되지 않고 동시대 우리 민족이 처한 일반적 상황이었다.

박목월의 「나그네」는 동시대의 작품이면서 사뭇 다른 환경이 설정되고 있다. 이것은 시인의 사고가 어디를 향하고 있으며 그 애정이 과연 무엇을 위한 것이냐에 따라 얼마든지 차이가 날 수 있는 문제다. 모름지기 시인이 되려는 사람은 자신의 세계관이 어디를 향하고 있으며 그 근본에 어떤 문제가 있는가를 판단하는 능력을 먼저 가져야 한다. 역사가 이긴 자의 편이라면 문학은 패배하거나 좌절당한 자의 편일 필요가 있다.

③ 어미를 따라 잡힌
어린 게 한 마리

큰 게들이 새끼줄에 묶여
거품을 뿜으며 헛발질할 때
게장수의 구럭을 빠져나와
옆으로 옆으로 아스팔트를 기어간다
개펄에서 숨바꼭질하던 시절
바다의 자유는 어디 있을까
눈을 세워 사방을 두리번거리다
달려오는 군용 트럭에 깔려
길바닥에 터져 죽는다

먼지 속에 썩어가는 어린 게의 시체
아무도 보지 않는 찬란한 빛

— 김광규, 「어린 게의 죽음」 전문

에이브럼즈[Abrams, M. H]는 『The Mirror and the Lamp』(Oxford Univ. Press, 1971)에서 문학에 대한 세계 인식 방법을 네 가지로 분류한 바 있다.

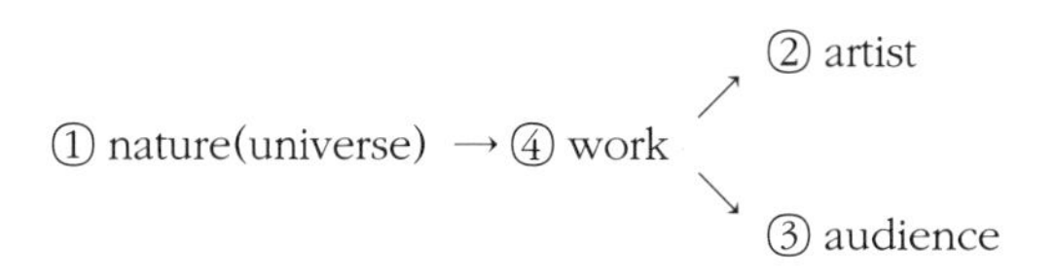

nature(universe)와 work가 관계된 ①은 모방론[mimetic theories], work와 artist가 연계된 ②는 표현론[expressive theories], work와 audience와 관련된 ③은 실용론[pragmatic theories], work 그 자체가 논의의 주안이 되는 ④는 형식론[objective theories] 적인 입장을 나타내고 있다. 이 분류법은 다소 전통적이긴 해도 우리 사유의 체계를 설명하는데 상당히 유효한 수

단을 제공한다.

④ 우리가 물이 되어 만난다면
가문 어느 집에선들 좋아하지 않으랴.
우리가 키 큰 나무와 함께 서서
우르르 우르르 비 오는 소리로 흐른다면.

흐르고 흘러서 저물녘엔
저 혼자 깊어지는 강물에 누워
죽은 나무뿌리를 적시기도 한다면.
아아, 아직 처녀인
부끄러운 바다에 닿는다면.

그러나 지금 우리는
불로 만나려 한다.
벌써 숯이 된 뼈 하나가
세상에 불타는 것들을 쓰다듬고 있나니

만리 밖에서 기다리는 그대여
저 불 지난 뒤에
흐르는 물로 만나자.
푸시시 푸시시 불 꺼지는 소리로 말하면서
올 때는 인적 그친
넓고 깨끗한 하늘로 오라.

— 강은교, 「우리가 물이 되어」 전문

이 작품은 완벽하게 잘 짜여진 작품이다. 물과 불의 대립적 이미지를 통해 변증법적으로 통일된 완전세계를 희구하는 서정자아의 의도가 정밀하게 전개되고 있다. 물은 가뭄 → 비 → 강물 → 바다로의 수평, 확산의 의미로 확대되어 나간다. 1연의 하강적 이미지가 4연의 상승적 이미지로 바뀌고 있는 점도 주목해볼 필요가 있다. 한시에서 보게 되는 起承轉結이 잘 맞아 떨어지고 있다. 작품 자체의 완벽성이 두드러져 보인다. 이 작품을 통해 우리는 구태여 물의 세계가 자유세계를 대변하고 불의 세계가 전쟁과 이데올로기 대립의 사회 현상학적인 부분으로 이해하려고 애쓸 필요가 없다. 작품 그 자체로서 물의 생명적이고 원시적인 힘에 대해 이해해도 무방하기 때문이다.

다. 생활 속에, 새로운 생각으로

시적 대상 — 생활 속에 시가 있다

아홉배미 길 질컥질컥해서
오늘도 삭신 꾹꾹 쑤신다

아가 서울 가는 인편에 쌀 쪼간 부친다 비민하것냐만 그래도 잘 챙겨묵거라 아이엠 에픈가 뭔가가 징허긴 징헌갑다 느그 오래비도 존화로만 기별 딸랑하고 지난 설에도 안와브렀다 애비가 알믄 배락을 칠 것인디 그냥반 까무잡잡하던 낯짝도 인자는 가뭇가뭇하다 나도 얼릉 따라 나서야 것는디 모진 것이 목숨이라 이도저도 못하고 그러냐 안.

쑥 한 바구리 캐와 따듬다 말고 쏘주 한 잔 혔다 지랄 놈의 농사는 지먼 뭣 하냐 그래도 자석들한테 팥이란 돈부, 깨, 콩 고추 보내는 재미였는디 너할코 종신서원이라니… 그것은 하느님하고 갤혼하는 것이라는디… 더 살기 팍팍해서 어째야 쓸란가 모르것다 너는 이 에미더러 보고 자퍼도 꾹 전디라고 했는디 달구 똥마냥 니 생각 끈하다

복사꽃 저리 환하게 핀 것이
혼자 볼랑께 영 아깝다야

* 내가 있는 학교의 제자 중에 수녀가 한 사람 있었다. 몇 해 전 남도답사 길에 학생 몇이랑 그 수녀의 고향집을 들르게 되었는데 다 제금 나고 노모 한 분만 집을 지키고 있었다. 생전에 남편이 꽃과 나무를 좋아해 집안은 물론 텃밭까지 꽃들이 혼자 보기에는 민망할 정도로 흐드러져 있었다.

— 이지엽, 「해남에서 온 편지」 전문

'나는 너를 사랑한다'라는 시적 표현을 써보자

나, 그대에게
들키고 싶지 않았다
비밀한 울음을 속지로 깔아놓고
얇지만 속살을 가릴
화선지를 덮었다.
울음을 참으면서 나는 풀을 발랐다
삼킨 눈물이
푸르스름 번지면서
그대의 환한 미소가
방울방울 떠 올랐다.

— 임성규, 「배접」 전문

생각을 바꾸면 시가 보인다(대상 접근방법과 표현의 효율성)

눈앞의 저 빛!

찬란한 저 빛!

그러나

저건 죽음이다

의심하라

모오든 광명을

— 유하

모두 네 발 달린 짐승이다 얼굴은 없고 아가리에 발만 달린 ( )는

흉측한 짐승이다 어둠에 몸을 숨길 줄 아는 감각과

햇빛을 두려워하지도 않는 용맹을 지니고 온종일을

숨소리도 내지 않고 먹이가 앉기만을 기다리는

( )는 필시 맹수의 조건을 두루 갖춘 네 발 달린 짐승이다

— 김성용, 「 」

만일 우리의 魂이 둘이라면, 그들은 둘이오

　마치 뻣뻣한 두 콤파스 다리가 둘인 것처럼.

당신의 魂은. 固定된 다리여서, 움직일 기색도

　안 보이지만, 다른 다리가 움직이면, 움직이오.

그리고 그것은 비록 중심에 位置하지만,

　다른 다리가 멀리 徘徊하면,

그것은 기울고 다른 다리를 따라 傾聽하오,

그리고 그것이 歸家함에 따라 꼿꼿이 서오,

당신도 이와 같으리, 다른 다리처럼
　비스듬히 달려야 하는 나에겐
당신의 確固함이 나의 圓을 정확히 그리고,
　내가 시작한 곳에서 나를 끝나게 하오.

— 존 단, 「고별사(告別辭) : 슬퍼함을 금하는」 중에서

라. 한국인의 생체리듬(4박자)을 타자(운율)

「제망매가祭亡妹歌」의 경우 10구체 향가로서 그 구성이 전반부 4줄과 후반부 4줄, 낙구 2줄의 형식을 가지고 있다.

〈전반부〉

生死로ᄂᆞᆫ

예 이샤매 저히고

나ᄂᆞᆫ 가ᄂᆞ다 말ᄉᆞ도

몯다 닏고 가ᄂᆞ닛고

〈후반부〉

어느 ᄀᆞᄉᆞᆯ 이른 ᄇᆞᄅᆞ매

이에 저에 ᄠᅥ질 닙다이

ᄒᆞᄃᆞᆫ 가재 나고

가논 곧 모ᄃᆞ온뎌

〈낙구〉

아으, 彌陀刹에 맛보올 내

道 닷가 기드리고다.

— 「제망매가」

얇은 紗 하이얀 고깔은

고이 접어서 나빌레라.

파르라니 깎은 머리

薄紗 고깔에 감추오고

두 볼에 흐르는 빛이

정작으로 고와서 서러워라.

— 조지훈, 「승무」 부분

해와 하늘 빛이

문둥이는 서러워

보리밭에 달뜨면

애기 하나 먹고

꽃처럼 붉은 울음을

밤새 울었다.

— 서정주, 「문둥이」 전문

이 시인들은 시조를 쓰지 않았지만 이들이 쓴 작품이 시조라는 것은 무엇을 의미하는가. 우리말의 아름다움을 살리려고 노력한 사람일수록 언어를 더욱더 정제하기 마련인데 그럴 경우 필연적으로 만나게 되는 것이 시조의 형식이다. 한국의 명시라고 일컬어지는 작품의 대부분이 이 시조 형식과 무관하지 않다.

옥수수/ 개꼬리가/ 붙잡다가/ 놓치고
수수이삭/ 서속이삭/ 붙잡다가/ 놓친 것을
마당의/ 바지랑대가/ 힘 안 들이고/ 잡았네

— 정태모, 「잠자리」 전문

초침은/ 달리는 말/ 분침은/ 달팽이 발.
가는 건지/ 마는 건지/ 시침은/ 부처님 손.
손 얼른/ 움직이셔야/ 도시락/ 먹을 텐데…….

— 서벌, 「넷째 시간」 전문

사람이 몇 生이나 닦아야 물이 되며 몇 劫이나 轉化해야 금강에 물이 되나! 금강에 물이 되나!

샘도 江도 바다도 말고 玉流 水簾 眞珠潭과 萬瀑洞 다 고만 두고 구름 비 눈과 서리 비로봉 새벽안개 풀끝에 이슬 되어 구슬구슬 맺혔다가 連珠八潭 함께 흘러

九龍淵 千尺絶崖에 한번 굴러 보느냐

— 조운, 「구룡폭포(九龍瀑布)」 전문

마. 자신의 이미지와 비유 노트를 만들자

대상	이 미 지(상황, 오감의 감각)	비유

천재시인 예수 — 예수는 비유의 천재

천국의 비유(마13:44~48)

① 마치 **밭**에 감추인 **보화**가 같으니

② 마치 좋은 **진주**를 구하는 **장사**와 같으니

③ 마치 바다에 치고 각종 물고기를 모는 **그물**과 같으니

④ 마치 여자가 **가루 서 말 속에 갖다넣어 전부 부풀게 한 누룩**과 같다 (마13:33)

⑤ 마치 사람이 자기 밭에 심은 **겨자씨 한 알**(마13:31)

치환보다는 병치를

휠라이트는 에즈라 파운드의 다음 시를 병치은유의 예로 들었다.

The apparition of these faces in the crowd;

Petals on a wet, black bough.

— Ezra Pound, 「In a Station of the Metro」 전문

"군중 속의 얼굴들의 모습"(A)과 "비에 젖은 검은 나뭇가지 위의 꽃잎들" (B)의 모습을 유사성에 기초한 것으로 보기는 문제가 있다. 그러기에는 (B)의 묘사가 평범하지 않기 때문이다. 꽃잎이 비에 젖었으니 질 때가 된 것이다. 더욱이 '검은' 나뭇가지가 칙칙하게 느껴진다. 그러므로 (B)는 하루 일에 지치고 힘든 현대인들의 우울한 일상을 그려낸 것이라 볼 수 있다. 병치는 흔히 '낯설게 하기'의 기법과 혼용되면서 현대시의 새로운 기법으로 주목을 받아오고 있다.

시의 트리플 악셀은 확장 은유

능선으로 몰려든 검은 구름이

귀밑머리처럼 삐죽삐죽 나온 지붕에 한발을 걸친다

그 사이, 좁다란 골목길이 계단을 오르며 헉헉 숨 내쉬는 곳에

할아범 측백나무와 오페라 미용실이 마주 서 있다

그는 매일 미용실 바깥의 **오페라**를 감상한다

미용실 눈썹처마에 모아둔 나뭇잎 **음표**들이 옹알거릴 때

가위를 갈다가 번뜩이는 **악보**의 밑동,

백지에 **오선**을 긋던 어머니는 병세를 자르지 못해

머리에 자란 **음표**를 모두 빼내 옮겨 적었고

연주가 서툰 아버지는 가파른 골목길로 내려가 돌아오지 않았다

그해 **오페라**를 **관람**하려고 모여든 사람들은

측백나무에서 **음표**를 떼어 내던 앙상한 어머니를 목격하였다
어머니를 마구 흔들고 지나간 바람이 **옥타브**를 높이며
구름 떼를 몰고 오기도 했다
미용실 문이 열리자 그는 내내 벌려 예리해진 가윗날을 접는다
머리숱이 적은 손님의 머리카락이 잘려나갈 때마다
음치인 울음이 미용실에서 뛰쳐나간다
동네 아이들이 집으로 가는 길에선
울음이 두근거리는 **아리아**로 변주해 울려 퍼지고
측백나무에서 마지막 남은 **음표**가 눈썹처마에 떨어질 때
낮은 지붕 위로 함박눈이 **음계** 없이 쏟아진다
나뭇가지 **오선지** 끝에 **하얀 음표**가
대롱대롱 매달리고
악보에 없는 동네 사람들이 **돌림노래**처럼 몰려나와
희희낙락 **오페라**를 구경한다

— 윤석정, 「오페라 미용실」 전문(진한 고딕 : 필자)

보조 관념이 단순하게 하나로 끝나지 않고 연속적으로 이미지를 연결해 나가면서 확장되고 있다. 고딕으로 표시된 부분을 유념해서 살펴 보자.

바. 시의 감동은 어디서 오는가

— 시의 중요한 두 축 | 묘사와 진술

찬 서리

나무 끝을 날으는 까치를 위해

홍시 하나 남겨둘 줄 아는

조선의 마음이여

— 김남주, 「옛 마을을 지나며」

시에 있어서 묘사description와 진술statement은 매우 중요한 두 축이다. 좋은 시는 묘사와 진술의 절묘한 조화에서 탄생된다. 묘사에 치중한 시는 산뜻해서 보기는 좋지만 깊은 맛이 덜하기 마련이다. 묘사는 언어를 회화적인 방향으로 명료화시킨다. 가시적可視的, 제시적提示的, 감각적感覺的이다. 그러나 진술은 언어를 사고의 깊이로 체험화시킨다. 사고적思考的, 고백적告白的, 해석적解釋的이다.

하지가 지나면

성한 감자는 장에 나가고

다치고 못난 것들은 독에 들어가

가을까지 몸을 썩혔다

헌 옷 벗듯 껍질을 벗고

물에 수십 번 육신을 씻고 나서야

그들은 분보다 더 고운 가루가 되는데

이를테면 그것은 흙의 영혼 같은 것인데

강선리 늙은 형수님은 아직도

시어머니 제삿날 그걸로 떡을 쪄서

우리를 먹이신다

— 이상국, 「감자떡」 전문

이 작품 역시 묘사와 진술의 어울림을 적절하게 보여준다. 여기서 진술에 해당하는 곳은 2연인데 시인은 이를 단 한 줄로 축약하면서 여기에 시의 주제를 담아낸다. “이를테면 그것은 흙의 영혼 같은 것인데”라는 대목을 삭제하고 읽어보면 진술의 힘이 어떠한가를 실감하게 된다.

사. 행간에 의미를 담고…, 구성과 제목 등

어느 사이에 나는 아내도 없고, 또,

아내와 같이 살던 집도 없어지고,

그리고 살뜰한 부모며 동생들과도 멀리 떨어져서,

그 어느 바람 세인 쓸쓸한 거리 끝에 헤매이었다.

…(중략)…

내 가슴이 꽉 메어 올 적이며,

내 눈에 뜨거운 것이 핑 괴일 적이며,

또 내 스스로 화끈 낯이 붉도록 부끄러울 적이며,

나는 내 슬픔과 어리석음에 눌리어 죽을 수밖에 없는 것을 느끼는 것이었다.

그러나 잠시 뒤에 나는 고개를 들어,

허연 문창을 바라보든가 또 눈을 떠서 높은 천장을 쳐다보는 것인데,

이때 나는 내 뜻이며 힘으로, 나를 이끌어 가는 것이 힘든 일인 것을 생각하고,

이것들보다 더 크고, 높은 것이 있어서, 나를 마음대로 굴려 가는 것을 생각하는 것인데,

이렇게 하여 여러 날이 지나는 동안에,

내 어지러운 마음에는 슬픔이며, 한탄이며, 가라앉을 것은 차츰 앙금이 되어 가라앉고,

외로운 생각만이 드는 때쯤 해서는,

더러 나줏손에 쌀랑쌀랑 싸락눈이 와서 문창을 치기도 하는 때도 있는데,

나는 이런 저녁에는 화로를 더욱 다가 끼며, 무릎을 꿇어 보며,

어느 먼 산 뒷옆에 바우섶에 따로 외로이 서서,

어두워 오는데 하이야니 눈을 맞을, 그 마른 잎새에는,

쌀랑쌀랑 소리도 나며 눈을 맞을,

그 드물다는 굳고 정한 갈매나무라는 나무를 생각하는 것이었다.

— 백석, 「남신의주유동박시봉방(南新義州柳洞朴時逢方)」 전문

밖은 흰 눈꽃 방 안은 황장미꽃 안팎이 훈훈

— 박희진, 「十七字詩抄」에서

투박한 나의 얼굴/ 두툴한 나의 입술

알알이 붉은 뜻을/ 내가 어이 이르리까

보소라 임아 보소라/ 빠개 젖힌/ 이 가슴

— 조운, 「석류」 전문

꽃이보이지않는다. 꽃이香기롭다. 香氣가滿開한다. 나는거기墓穴을판다. 墓穴도보이지않는다. 보이지않는墓穴속에나는들어앉는다. 나는눕는다. 또꽃이香기롭다. 꽃은보이지않는다. 香氣가滿開한다. 나는잊어버리

고再차거기墓穴을판다. 墓穴은보이지않는다. 보이지않는墓穴로나는꽃을깜빡잊어버리고들어간다. 나는정말눕는다. 아아. 꽃이또香기롭다. 보이지도않는꽃이―보이지도않는꽃이.

― 이상, 「絕壁」 전문

그러나 시는 표면적으로 보여지는 것만으로 이루어지지 않는다. "꽃이 보이지 않는"데도 "香氣가 滿開한다"라고 하는 것은 현실의 세계에서는 불가능하다. 무의식의 흐름으로 이 시는 이루어져 있다. 무의식의 흐름은 시간과 공간을 초월한다. 그러므로 전통적인 구성의 방식을 거부한다. 기승전결이나, 발단―전개―결말 등의 구성 방식이 없다. 구성의 관습적인 틀이 깨어지고 있는 것이다. 무의식의 상태를 그대로 들어내기 때문에 비약과 단절, 병치가 빈번하게 일어난다.

2

형식과 운율

2. 형식과 운율

시조는 우리나라 고유의 정형시다. 문학으로서의 시조는 3장 45자 내외로 구성된 정형시라고 할 수 있다. 그러나 이 기본형은 어디까지나 하나의 가상적인 기준형에 지나지 않는다. 우리말이 가지고 있는 아름다움은 시조를 건너뛰어 생각하기 힘들다. 자유시를 창작하려는 사람도 당연히 시조를 쓸 수 있어야 한다. 시조는 우리말이 천여 년 이상을 지내오면서 가장 정제된 형태로 남아있기 때문이다. 시조를 모르면 시의 리듬을 모르는 것이고 리듬이 없는 시는 난삽한 시가 되기 쉽다. 리듬이 없는 시를 생각할 수 있는가.

현대시조의 창작에 있어 가장 중요한 두 요소는 첫째, 형식이요 둘째, 내용이다. 무척이나 간단해 보이지만 어느 하나고 만만하지가 않다.

가. 잘못된 기본형

현대시조를 창작하려는 이들에게 제일 먼저 부담으로 다가오는 것은 형식이다. 시조형은 일반적으로 자수율에 의해 규정되어 '3장

45자 내외'라 하여 초장 3´4´4(4)´4 중장 3´4´3(4)´4 종장 3´5´4´3으로 인식되어 왔다. 그러나 시조의 일반형으로 인식되어온 이러한 자수 개념의 논리는 수정될 필요가 있다. 왜냐하면 형식장치의 근거로 삼을 수 있는 고시조의 수천 편의 작품을 통해 이 일반형에 맞는 작품은 4~5%에 불과하기 때문이다. 그렇다면 마땅히 다른 기준에 의해 그 형식장치를 규명해야할 텐데 이에 대해서는 명쾌하게 풀어놓은 논저가 없다. 결과적으로 기성 시조시인들도 불편하지만 배웠던 방식대로 이 자수율에 의한 창작을 후학들에게 지도하게 되고, 당연한 결과로서 나타난 작품들의 형식 장치는 거의 이를 따르게 된다. 그러다 보니 짜맞추기식의 부자연스러움과 나무토막을 툭툭 분질러 놓은 듯한 단절이 비일비재하게 일어나게 되는 것이다. 어떤 면에서 고시조에서보다 더 협소하고 좁은 틀로 옮겨왔다는 생각을 지우기 힘들다. 이것은 분명 바르지 못한 흐름이다.

나. 시조의 기초단위 — 음보音步

하나의 장르로서의 요건을 따질 때 우리는 대개 담당층과 세계관 형식의 세 가지 요소에 주목한다. 현대시조는 그것이 비록 자연발생적은 아니라 할지라도 고시조와는 다른 담당층과 세계관을 가지고 있다. 문제는 형식이 어떠하냐 하는 것인데 적어도 고시조의 형식장치와 무관하게 오늘날의 현대시조를 논의할 수는 없다. 그렇다고 해서 고시조의 형식장치를 그대로 옮겨와서 재생시키는 것 또한 바람직한 태도가 아니다. 형식에 대한 논의는 고시조와 오늘의 현대시조 사이에 가장 중요한 변별점, 즉 전자는 노래를 전제로 했고 후자는 온전한 문학으로서의 역할을 하고 있다는 것에서 시작되어야한다. 이점을 염두에 두면서 고시조에서 현대시조에 이르기까지 몇 작품을 인용해 보기로 하겠다.

① 冬至ㅅ달 기나긴 밤을 한 허리를 버혀내여
春風 니불아래 서리서리 너헛다가
어론님 오신날 밤이여든 구뷔구뷔 펴리라

② 이마에 마구 짓이기던 그 독한 꽃물도
몸에 둘렀던 그 짙고 어두운 그늘도
이제는 다 벗을 수밖에…… 벗을 수밖에……

채어올린 물고기 그 살비린 숨가쁨
낱낱이 비늘쳐 낸 지난 뜨락에 나서면
보아라 혼령마저 적시는 이 純金의 소나기

③ 쳐라. 가혹한 매여 무지개가 보일 때까지
나는 꼿꼿이 서서 너를 증언하리라
무수한 고통을 건너
피어나는 접시꽃 하나.

①은 황진이[黃眞伊, 1511~1541]의 작품이고, ②는 김상옥의 「가을 뜨락에서서」 초반부, ③은 이우걸의 「팽이」라는 작품이다. 이 작품들은 모두 다 시인의 개성이 잘 드러난 시조작품이라 할 수 있는데 ①에서

는 봄밤이 짧은 외부 세계와 서정자아의 갈등이 동화同化, assimilation의 기법에 의해 그려지고 있고, ②는 시적대상에 대한 서정자아의 뼈아픈 인식과 회귀하는 반성적 자기 성찰이, ③은 시적대상(팽이)에 자아를 투사projection하여 그 의지를 극대화하고 있다. 이 작품들의 모두를 포괄하는 형식장치는 무엇인가. 통념상 알고 있는 자수의 개념으로는 설명이 되지 않는다.

①을 다음과 같이 표시해보자.

冬至ㅅ달/ 기나긴 밤을// 한 허리를/ 버혀내여///

春風/ 니불아래// 서리서리/ 너헛다가///

어론님/ 오신날 밤이여든// 구뷔구뷔/ 펴리라///

이 작품을 율독律讀해 보면 /에서는 짧은 휴지休止가, //에서는 중간 휴지가, ///에서는 긴 휴지가 자연스럽게 느껴진다.

문법의 가장 큰 단위는 문장sentence임은 주지의 사실이다. 음절이 모여서 낱말이 되고 낱말은 어절이, 어절은 문절이, 문절은 문장이 된다. 시로 보면 음절 – 음보 – 구句 – 행 – 연– 한 편의 시로 되는 것이다. 이와 같은 논리로 ①의 작품을 분석해보면 /은 음보에, //는 구에 ///은 행에 연관되어진다. 다시 말해 시조를 구성하는 가장 기초적인 단위는 음보임을 알 수 있다.

음보音步는 영시의 음보foot와는 전혀 다른 개념임에 유의할 필요가 있다. 영시에서의 음보는 한 행에서 반복되는 운율 단위를 만드는 하나의 강한 강세와 그와 연합되는 하나 또는 몇 개의 약한 강세들의 조합이지만 우리 시에 있어 음보는 롯크lotz가 분류한 음수율, 고저율, 강약률, 장단율의 어느 것과도 다른 시간적 등장성時間的 等長性에 근거하고 있는 것이다.

시간적 등장성이란 용어가 다소 생소할 것이다. 좀 더 쉬운 얘기로 해보자.

음보音步는 쉽게 말하자면 음의 걸음걸이이다. 사람의 걸음걸이를 생각해보자. 평상시 걸어 다닐 때의 걸음걸이는 그 보폭이 대개 비슷비슷하다. 이 걸음에 시간의 개념을 얹었다고 생각해보자. 일정 시간, 그것은 불과 몇 초에 불과 하겠지만 일정 거리를 걷는다고 생각하면 된다.

한 걸음걸이가 대개 몇 음절로 될까? 그러나 이것은 일정하지가 않다. 이 말은 아주 불규칙이라는 얘기가 아니고, 앞서서 잘못된 기본형에서 보듯 3 ′ 4 ′ 3(4) ′ 4와 같이 기계적이라는 것은 아니라는 얘기다. 우리말의 단어는 대개 2음절과 3음절로 된 것이 절대다수를 차지하고 있기 때문에 여기에 조사나 어미가 붙어 실제는 3음절 내지 4음절이 절대적인 비중을 차지한다. 그러나 이보다 더 음절수가 늘어나 6, 7, 8음절이 될 수도 있음에 유의해야 한다. 이렇게 늘어날 경우라도 얼마까지 늘어나는 것을 허용할 것인가? 여기에 제한이 가해지는 것이 바로 시간성이다. 앞에서 말한 시간적 등장성이란 바로 이를 얘기하는 것이다. 율독하는 데 걸리는 시간이, 다시 말해 한 걸음을 옮기는데 걸리는 시간이 일반적으로 용인되는 범주까지 가능한 것이다.

인용시 ①을 환기해보자. '어론님 오신날 밤이여든'을 율독하는데 있어 '어론님/ 오신날/ 밤이여든//'으로 하지않고 '오신날 밤이여든'을 한 보폭으로 율독함이 자연스러움을 상기해보자. 마찬가지로 다음의 작품들도

④ 밤비에/ 새잎 곧 나거든// 날인가도/ 여기소서///

— 홍랑

⑤ 둥 둥 둥/ 그 큰북소리// 물안개 속에/ 풀어놓고///

— 윤금초, 「주몽의 하늘」에서

⑥ 아 바람,/ 미처 못다 부른// 〈청보리의/ 노래〉여///

— 박시교, 「바람집 1」에서

④에서 '새잎 곧 나거든', ⑤에서 '물안개 속에', ⑥에서 '미처 못다 부른'은 다 한 보폭 안에서 자연스레 율독이 된다.

②와 ③의 작품에서도 '다 벗을 수밖에', '혼령마저 적시는', '쳐라', '가혹한 매여'와 같이 자수와는 전혀 상관없이 한 보폭으로 읽혀지고 있다.

음보에 대한 정의는 그러기에 다소 모호하다. 한 시행을 이루는 음보의 구획을 문법적 어구나 논리적 휴지休止로, 롯츠의 개념인 colon처럼 응집력이 있는 구절, 심지어 주관적 자의로 설정하기도 한다. 통사적으로 배분된 어절이 끝난 다음에 휴지가 와서 3음절 내지 4음절을 휴지의 한 주기로 기대하게 된다. 음보란 이렇게 휴지에 의해서 구분된 문법적 단위 또는 율격적 단위이다. 중요한 것은 휴지가 일정한 시간적 길이마다 나타나는 것이 음절수가 같기 때문이 아니라 율독을 할 때 호흡에서의 같은 시간적 길이 때문이라는 점이다. 다시 말하면 음보는 3음절 내지 4음절을 휴지의 일주기로 하여 동일한 시간 양을 지속시키는 시간적 등장성에서 발생한다.[1]

1 음보에 관해서는 김준오, 『詩論』, 삼지원, 1997, 142~143면 참고. 그는 3음보와 4음보의 특성을 3음보는 서민계층의 리듬, 자연적이고 서정적인 리듬, 경쾌한 리듬이며 동적 변화감과 사회 변동기를 대변하는 가창에 적합한 리듬이라고 했으며, 4음보는 사대부 계층의 리듬이며 인위적이고 교술적인 리듬, 장중한 리듬이며 안정과 질서를 대변하는 음송하기에 적합한 리듬이라고 하였다. 그러나 이 3음보와 4음보의 특성을 이렇게 기계적으로 나누는 것은 바람직하지 않다고 보인다. 각 시행에서 어떻게 놓이느냐에 따라 상당히 다르기 때문이다. 현대의 노래가 4음보 중심이라는 것도, 북한의 가사가 4음보라는 것도 이 논리를 수긍하기 힘들게 한다.

사람이 몇 生이나 닦아야 물이 되며 몇 劫이나 轉化해야 금강에 물이 되나! 금강에 물이 되나!

샘도 江도 바다도 말고 玉流 水簾 眞珠潭과 萬瀑洞 다 고만 두고 구름 비 눈과 서리 비로봉 새벽안개 풀끝에 이슬 되어 구슬구슬 맺혔다가 連珠八潭 함께 흘러

九龍淵 千尺絶崖에 한번 굴러 보느냐

— 조운, 「구룡폭포(九龍瀑布)」 전문

이 작품이 운율을 얼마만큼 잘 운용하고 있는지를 살펴보면 쉽게 수긍이 간다. 운율이 잘 운용되고 있는지는 율독을 통하여 점검해 볼 수 있다. 내재율 또한 율독을 통해 많은 부분을 잡아낼 수 있다. 이 작품의 의미는 각 연을 나누어보면 대개 다음과 같이 각각 나누어진다.

1) 사람이 몇 生이나 닦아야 물이 되며
2) 몇 劫이나 轉化해야
3) 금강에 물이 되나!
4) 금강에 물이 되나!
5) 샘도 江도 바다도 말고
6) 玉流 水簾 眞珠潭과 萬瀑洞 다 고만 두고
7) 구름 비 눈과 서리 비로봉 새벽안개 풀끝에 이슬 되어 구슬구슬 맺혔다가
8) 連珠 八潭 함께 흘러
9) 九龍淵

10) 千尺絶崖에

11) 한번 굴러

12) 보느냐

중요한 것은 이 시의 묘미를 십분 발휘하기 위해서는 12마디 각각의 율독 시간을 같이 하면 된다는 것이다. 다시 말해 자수나 더 나아가 음보수에 상관없이 "금강에 물이 되나!"나 "구름 비 눈과 서리 비로봉 새벽안개 풀끝에 이슬 되어 구슬구슬 맺혔다가"나 "구룡연九龍淵"이란 구절을 읽는데 시간을 같이 해준다면 이 시의 묘미 대부분을 읽어낼 수가 있게 된다.(이 시의 백미는 장쾌한 흐름에 있는데 내리닫이식으로 주워 삼키는 7)과 한 템포 식혀주는 8), 끊어 내는 듯한 9)에 있다.) 이것이 바로 시간적 등장성時間的 等張性 원리다.[2]

다. 장 구분과 수의 구분, 가락의 유연성

지금까지 우리는 시조의 형식 장치에 대해 살펴보았다. 이를 간략하게 정리해 보면 i 시조는 초·중·종장의 3장으로 이루어져 있고 ii 각 장은 걸리는 시간이 비슷한(시간적 등장성時間的 等長性을 지닌) 음보(음의 걸음걸이) 넷이 모여 이루어지며 iii 종장의 첫 걸음은 긴장과 조임의 석 자, 둘째 걸음은 이완과 풀림의 다섯 자 이상으로 이루어

2 조운의 이 작품은 사설시조다. 현대사설시조의 형식적 장치에 대해서는 이렇다 할 논문이 없지만 이 시간적 등장성의 원리가 이를 풀 수 있는 단서라고 생각한다. 이런 점에서 이지엽은 사설시조도 평시조와 같은 3장과 각 장 네 마디(평시조는 4음보)를 갖는 형식임을 주장한 바 있다. 『반교어문연구(泮橋語文硏究)』 제12집, 반교어문학회, 2001.

져 있는 독특한 형식장치의 산물이라는 것이었다.

이를 근간으로 보면 시조에서의 행의 구분은 어떻게 하라는 철칙이 없는 셈이다. 걸음걸이나 호흡의 가장 작은 단위인 짧은 휴지부에서 끊어 한 걸음걸이를 1행으로 잡을 경우 12행의 작품이 될 것이고, 중간 휴지의 두 걸음걸이를 1행으로 처리할 경우 6행이 될 것이다. 그러나 12행, 6행 등만이 절대적인 행 구분 방식은 아니라는 점을 밝혀 두고 싶다. 때에 따라서 시조 한 수는 1행이나 2행, 3행, 4행, 5행은 물론 십 수행까지도 늘어날 수 있는 것이다.

⑦ 질주한다. 탄탄한 어망 속의 새 울음들이…… 찔려서 아픈 기억마다 살비늘로 일렁이던, 그래도 포선을 그리는 아아 어린 날 팔매 끝을

⑧ 뜰귀에 풍뎅이 한마리 죽어 넘어져 있다.
다리 오그리고
목 비틀린 채

그 위로 마른번개 치고
짧은 낮비 지나가고

⑨ 寒天에/ 칼 한 자루/ 거꾸로 박혀 있다//
어느 일순이면/ 떨어져 뇌수에 박힐//
눈부신/ 단조를 꿈꾸는/ 저 殺意의 충만!//

⑩ 한 여자가 지나간다/ 바람같이/ 바람같이/
쓸어내면 폴폴거리며/ 먼지로 내려앉을 여자/
온몸에/ 실리는 강물/ 회빛 얼굴/ 퀭한/ 눈빛

우선 내용을 접어두고 시조의 다양한 연 가름과 행 가름을 보기 위해 몇 작품을 인용해 보았다. ⑦과 ⑩은 이지엽의 「일어서는 바다 2」의 첫 수와 「북악北岳」의 작품이고 ⑧과 ⑨는 박기섭 시인의 「풍뎅이의 죽음」 첫 수와 「한천寒天」이란 작품이다. ⑦은 1행으로, ⑧은 2연 5행으로, ⑨는 3연 8행으로 ⑩은 10행으로 짜여져 있다.

새삼 거론하지 않더라도 시에 있어서 연 가름과 행 가름은 자기 멋대로의 임의적인 것이거나 사치스런 것이어서는 안 되리라. 마땅히 한 행으로 잡아야 할 이유가 있어야 하며 연 가름을 할 이유가 있어야 할 것이다. ⑦에서는 탄력적 이미지의 가속력을 위한 1행 처리가 ⑧에서는 시적 대상과 공간의 차별화에 의한 연 가름이 ⑨에서는 점층적 효과의 효율적 배분을 위해, ⑩에서는 스치듯 지나가는 한 여자를 원근법에서 그려내고 거기에서 느끼는 죽음의 이미지를 강조하기 위해 각각 연 가름과 행 가름을 하고 있는 것이다.

시조가 지녀야할 형식장치가 3장 6구 열두 걸음이라면 이러한 형식장치를 아울러 고정된 3행이나 6행으로 제어하는 것은 가뜩이나 꽉 막힌 공간을 더욱 옥죄임하는 결과만을 초래할 것이다. 현대인의 사고와 시적 대상은 보다 더 복잡 미묘하게 심층적으로 파고드는데 유독 3행이나 6행으로 고집하는 것은 무슨 이유에서일까. 시조 작품을 심사할 때 답답함을 느끼지 않을 수 없다. 3행이나 6행을 고집하는 이유는 그만큼 시조의 걸음걸이 — 가락밟기에 자신이 없다는 뜻일 게다. 답답한 심경을 표현하는 데는 쉼표 마침표 없이 띄어 쓰지 아니하고 1행처리가 가능할 수도 있으며,

⑪ 친구의흰살결그픗푸한향내맡으며나는울수도없
었다부끄러워라부끄러워라저문들두둥둥북소리
낮게낮게들리던그날 —「가로등 산책 3」에서

느릿하고 적료한 느낌을 표현하거나 강조하기 위해서는 한 글자도 과감히 한 행으로 처리하는, 그래서 작은 그릇, 제한된 틀이지만 최대한의 사유를 담아낸다면 훨씬 더 좋은 시조 작품에 접근할 수 있으리라 본다.

⑫ 가고 없는 만이/ 눈뜨는/ 산山에/ 들에/ 허
전한 공복 몇 개/ 휘파람으로 날리며/ 맨발로/
달리는 유월六月/ 떠도는/ 넋/ 아득한/ 강江

— 「유월(六月) 이미지 2. 공(空)」에서

이 작품의 종장은 무려 6행으로 처리되고 있는데 이 작품의 종장을 "맨발로 달리는 유월六月 떠도는 넋 아득한 강江"으로 1행 처리를 한다고 가정해 보자. 의미의 반감은 물론이려니와 전혀 새로운 맛을 느낄 수 없게 된다.

⑬ 눈보라 비껴 나는
全 — 群 — 街 — 道

퍼뜩 車窓으로 스쳐가는 人情아!

하 나
둘
세켤레

외딴집 섬돌에 놓인

— 장순하, 「고무신」 전문

⑭ 내쳐서 삼천리를 다 못 가고 마는 땅

· ·

가다가 뚝 끊긴 길 끝에 이념만이 선명한.

— 문무학, 「중장을 쓰지 못한 시조, 반도는」 전문

「고무신」은 눈보라 비켜나는 모습과 섬돌에 놓인 신발의 수와 크기를, 「중장을 쓰지 못한 시조, 반도는」은 남과 북으로 갈라서 허리가 잘린 한반도를 포멀리즘Formalism 수법으로 보여주고 있다. 물론 이 작품들은 다른 일체의 설명 없이 일순간에 느끼도록 하는 극적 구성을 취하고 있다.

작품 내용의 전개에 따라 1행으로도 써보고 십 수행까지 늘려서도 써보자. 새로운 것에의 도전과 시도는 눈에 띄게 당신의 작품을 다양한 세계로 끌어올릴 것이다.

지금까지 현대시조의 형식 장치에 대해 살폈다. 외형상으로만 본다면 시행詩行이 십 수 행까지도 늘어나므로 오늘날의 시조는 언뜻 자유시와 구분이 안 될 정도로 자유로움을 추구하고 있는 셈이다. 그러나 그 안에는 일정한 보폭의 걸음걸이가 있으며 긴장과 풀림의 특수한 미학적 장치가 있음을 살펴보았다. 이를 그림으로 그려보면 다음과 같다.

○/ ○// ○/ ○///

○/ ○// ○/ ○///

○/ ○// ○/ ○///

↓ ↓

(긴장 — 3자) (풀림 — 5자 이상)

현대시조의 형식장치가 고시조의 형태를 기초로 하여 위와 같은 모델이 제시되었다 하더라도 고시조와 같은 맥락에서 보는 것은 문제가 있다. 그 단적인 예가 종장의 첫 걸음에 있는데 고시조에서는 이 부분이 현대시조의 중요한 미학적 측면인 '긴장'과는 달리 가장 완만하고 여유 있는 대목이었다. 왜냐하면 고시조는 창을 전제로 했기 때문이다. (가곡창 창법에 의하면 초장은 59박, 중장은 75박이며 종장 첫걸음만 27박의 길이로 유장하게 끌었다)

그러나 창의 개념이 문학으로 전이되는 개화기 시조를 거쳐 오늘날의 현대시조에 이르러서는 완전히 문학으로 정착되었기 때문에 같은 맥락에서 보는 것은 옳지 못한 태도이다.

3

이미지

3. 이미지

가. 이미지의 개념

이미지는 직접적 신체적 지각이나 간접적 신체적 지각에 의해 일어난 감각이 마음속에 재생된 것을 말한다. 한 때 지각되었으나 현재는 지각되지 않는 어떤 것을 기억하려고 하는 경우나, 체험상 무방향적 표류의 경우, 혹은 상상력에 의해서 지각 내용을 결합하는 경우나 꿈과 열병에서 나타나는 환각 등의 경우처럼 직접적인 신체적 자각이 아니더라도 마음은 이미지를 생산해 낼 수 있다.[1]

이미지는 형상形象이라는 말로 번역되어 쓰이기도 한다. 형상은 감각적·직관적으로 주어지는 구체적인 상象을 말한다. 반드시 오관五官에 의하여 직접적으로 지각되지 않더라도 뇌리에 생생하게 그려낼 수 있는 것이면 된다. 개념적 사고에 의하여 파악되는 것이 아니라 어디까지나 감각적·직관적인 존재이어야 한다. 예컨대 삼각형의 형상은 그려져 있는 삼각형의 그림 그 자체이어야 하며, '평행하지 않는 세 개의 직선에 의하여 둘러싸인 도형' 등의 개념적 설명이 아니다. 일반적으로 형상은 예술을 성립시키는 데 기초가 되는

1 Allex Preminger, *Princeton Encyclopedia of Poetry and Poetics*, Princeton University Press, 1965, 363~370면.

것이며, 의도적으로 미적 형상을 만들어내는 것이 예술이라고 할 수 있다. 이 형상이라는 말은 특히 수사학적 용어로서 좁은 의미로 사용되는 경우가 있는데, 그것은 내용이 표현에 의하여 생생하게 감각화된 것을 가리킨다. 상징象徵은 단순한 수사보다 더 깊은 의의를 가지고 있는 예술적 표현방식이며, 어떤 감각적 대상으로 그 본래의 의미 뒤에 암시되어 있는 더 깊고 큰 내용을 구상화하는 점에서는 역시 일종의 형상이라고 말할 수 있다.

관념觀念, idea은 사람의 마음 안에 나타나는 표상·상념·개념 또는 의식내용을 가리키는 말이다. 원래는 불교용어로 진리 또는 불타佛陀를 관찰사념觀察思念한다는 뜻이며, 심리학용어로서의 관념은 그 의미가 명확하지 않으나 대개 표상과 같은 뜻으로 사용된다. 이 관념을 육화한 것이 이미지다. 이미지는 다시 말해 '관념의 육화'이다.

하나의 이미지가 하나의 요소가 아니라 하나의 결합이라면, 이미지는 오로지 의식 속에 들어갈 수 있다. 의식 속에는 이미지란 없으며 있을 수도 없다. 오히려 하나의 이미지는 의식의 한 양상이다. 하나의 이미지는 어떤 것이 아니라 하나의 작용이다. 이미지는 어떤 것을 의식하는 것이다.[2]

에이브럼즈는 문학적 용법으로서의 이미지의 정의를 세 가지로 나누어 얘기하기도 한다.

첫째, 한 편의 시나 다른 문학작품 속에서 언급되는 감각과 지각의 모든 대상과 특질을 의미한다. 광의의 개념이라고 할 수 있는데 묘사나 인유, 비유 등을 가리지 않고 문학 작품 속에 나타난 광범위

---

2 An image can only enter into consciousness if it is itself a synthesis, not an element. there are not, and never could be images in consciousness. Rather, an images is a certain type of consciousness. An image is an act, not some thing. An image is a consciousness of some thing.
Jean Paul Sartre, *Imagination*, trans. Forest Williams, (Ann Arbor : The Univ. Press, 1962) 146면.

한 감각과 지각의 개념을 포괄하여 모두 이미지로 보는 것이다.

둘째, 시각적 대상과 장면의 요소를 의미한다. 가장 협의적으로 이미지를 국한하는 것이다.

셋째, 비유적 언어figurative language를 지칭하는데 은유와 직유의 보조 관념을 말한다. 가장 일반적인 경우다.[3]

나. 이미지의 역할과 종류

그러면 시인은 육화할 필요 없이 관념만을 독자들에게 전하면 될 텐데 왜 구태여 육화의 과정을 거치는가. 이미지는 그 정의를 통해서도 살폈듯이 시 창작의 중요한 역할을 하고 있다. 이미지가 잘 드러나지 않는 시는 죽은 시가 된다. 루이스C. D. Lewis는 이미지의 역할을 신선감, 강렬성, 환기력 등에 있다고 보았다.

설경雪景 한 폭 치려니 백지장이 곧 눈벌이라
붓방아만 찧다간 하릴없이 점 하나 찍다.
우련한 미명未明을 깨쳐 태어난 한 마리 사슴!

날랜 귀 쫑그리고 사위四圍를 둘러본다.
조신操身하게 찍히우는 숫눈길의 첫 발자국.
향방을 가늠했나보다, 걸음새가 당당하다.

3 M.H. Abrams, *A Glossary of Literary Terms*,(Holt, Rinehart and Winston, 1971) 76~77면 참조.

쉰 껍질의 빈 낱말에 씨가 드는 아픔이여.

깃을 치는 빛무리 속, 갓 돋은 새 태양을

음전한 뿔 위에 걸고 솟구쳐 닫는 내 사슴!

— 박경용, 「도약(跳躍)」 중 1

이 작품에 나타난 사슴을 보라. 금방 화선지 바깥으로 뛰쳐 나올 듯 선명하다. 이미지의 역할은 뭐니 뭐니 해도 역시 신선감에 있다. 서정시의 장르적 특성[4] 중 순간성을 중요요소로 치는데 이 순간성을 잘 활용하면 시에 신선감을 줄 수 있다. 과거의 일이라 할지라도 특별한 사유가 없는 한 현재적 시제를 쓰는 것도 여기에서 연유한다고 볼 수 있다.

목을 뽑아 내둘러도 희멀건 하늘만 벋어

찍어라. 피도 안 비칠 마른 살갗 위에

한 방울 봄비가 듣네, 아파라. 봄도 아파라.

회초리를 쳐라. 후리쳐 진눈깨비

어쩐 일이냐, 참말 이 어쩐 일이냐

핏빛 볏 꼭지에 달고, 내다보는 저 눈망울 —

— 박재두, 「매화, 아파라」 전문

지상에서 맺지 못한

4 서정시의 장르적 특성은 크게 세 가지로 압축할 수 있다. 자아와 세계가 한 몸이 되는 동일화의 원리, 현재적 시제를 쓰는 시간성의 원리, 최대한 언어의 경제적 사용인 압축성의 원리다. 에에 관해서는 이지엽, 『현대시 창작 강의』, 고요아침, 2005. 제1강 〈시의 장르적 특성〉을 참고할 것.

너와 나 만나서

푸른 깃 부딪치며
서러운 밤 포효할 때

불씨들 기립한 천지
찬미하라
이 절정

— 홍성란, 「낙뢰 1」 전문

「매화, 아파라」에서 매화가 피어있는 모습을 "핏빛 볏 꼭지에 달고, 내다보는 저 눈망울 —."이라고 하였다. 얼마나 강렬한가. 「낙뢰 1」에서도 "불씨들 기립한 천지/ 찬미하라/ 이 절정."에서 언어도단의 강렬함을 느낄 수 있다. 이미지의 절묘함 때문이다.

겨울성 가장자리
성가퀴로 돋아나면
그 높은 새둥지에도
등불 하나 걸리고
팔팔팔
끓는 백비탕에
녹아드는 한 생애

— 김민정, 「설야」 부분

「설야」는 초장과 중장은 큰 변화가 느껴지지 않는다. 겨울 "높은 새둥지"에 "등불 하나"를 내거는 모습이니 쉽게 그림을 그릴 수 있지 않은가. 그러나 문제는 바로 다음이다. "팔팔팔/끓는 백비탕에 / 녹아드는 한 생애"에서 이 시는 의미심장하게 바뀐다. "팔팔팔/끓는 백비탕"이라고 눈 오는 밤을 묘사한 새로움도 새로움이지만, 여기까지 형상화된 이미지를 일시에 "녹아드는 한 생애"로 바꾸어 놓고 있기 때문이다. 이렇듯 이미지의 역할 중 환기력은 장면을 일거에 바꾸는 매력을 가지고 있다.

가끔씩 헤아린다, 길 위에 서 있는 날을
돌아가면 돌아오고 질러오면 질러가는
그곳이 초록이거나 질척한 늪물이라도.

풀섶 이슬에 앉은 햇살을 먼저 털고
바람의 거짓말 같은 행방을 가늠하며
참으로 아스라한 인사, 이별의 말은 놓친다.

울타리를 그예 벗고 새털 구름마냥
서녘 먼 길 끝에서 등걸잠이 들 때마다
소슬한 시간의 꿈속을 걸어오던 젖은 맨발.

그래, 목숨을 긷던 우리 두레박엔
아무도 지울 수 없는 눈금이 남아 있어
길 위엔 시간의 비늘이 어디서나 반짝인다.

— 이승은, 「시간의 비늘은 반짝인다」 전문

이미지는 또한 「시간의 비늘은 반짝인다」에서 보듯 진정성, 내밀성(응축성, 정밀성) 등에 기여하는 역할을 수행하기도 한다. 인용 작품은 제목부터가 신선하다. 셋째 수에서 드러난 이미지로 하여 마지막 수에서 우리는 자신도 모르게 "그래"라고 수긍하게 된다.

진정성과 내밀성의 역할을 수행할 수밖에 없는 이유는 진정성은 시의 이미지가 매우 진지한 것이고 정직한 것이어야 하는 점에서 그러하며, 내밀성은 시상이 압축의 형태를 지향하면서 고도로 집중된 정감을 필요로 한다는 점에서 그러하다. 이 외에도 간결성, 평이성, 자연스러움 등을 들 수도 있을 것이다.

이미지의 종류에는 시각적 이미지, 청각적 이미지, 미각적 이미지, 후각적 이미지, 촉각적 이미지 등이 있다.

① 시각적 이미지

그리움 문턱쯤에
고개를
내밀고서
뒤척이는 나를 보자
흠칫 놀라
돌아서네
눈물을 다 쏟아 내고
눈썹만 남은
내 사랑

— 김강호, 「초생달」 전문

② 청각적 이미지

히히히 호호호호

으히히히 으허허허

하하하 으하하하
으이이이 이 흐흐흐

껄껄걸 으아으아이
우후후후 후이이

약없는 마른 버짐이 온 몸에 번진거다
손으로 짚는 육갑 명씨 박힌 전생의 눈이다
한 생각 한 방망이로 부셔버린 삼천대계여.

— 조오현, 「무산심우도(霧山尋牛圖) 8. 인우구망(人牛俱忘)」 전문

청각적 이미지는 주로 들려지는 소리에서 일어나는 감흥을 통해 서정자아의 심리 상태까지를 그려내는 역할을 한다. 대상이 되는 사물들의 소리는 고정화 되어 있지 않고 듣는 사람마다 다르게 들리기 마련이다. 「죽풍사」에서는 소리가 직접적으로 드러나지 않지만 「무산심우도霧山尋牛圖 8. 인우구망人牛俱忘」은 인간의 희노애락을 웃음소리로 다양하게 보여준다. 매미소리만 하더라도 김만옥 시인은 작품 「죽은 매미의 입」에서 "盲 盲 盲 盲 盲 盲 盲"으로, 최영철 시인은 작품 「매미」에서 "맴 맴 맴 맴 맘 맘 밈 밈 몸 몸 ㅁ —"으로, 배한봉 시인은 작품 「뜨거운 심장」에서 "미요옴미욤몸몸, 쓰르름 쓰름쓰름쓰쓰쓰스", "찌찌름찌름찌름찌찌찌, 매암맴매암맴맴밈", "예엠예엠옘옘옘, 왜욤왜욤왬왬왜앰"으로 서정 자아의 마음을 실어내고 있다.

뚝! 하고 부러지는 것 이 땅에 너뿐이리
살다보면 부러질 일 한두 번 아닌 것을

그 뭣도 힘으로 맞서면

무릎 꿇고 피 흘린다.

— 오종문, 「연필을 깎다」 부분

서릿발 무너지면
황토 빛이 드러난다
ㅎ,ㅎ,ㅎ 언 손 녹이는 바람이 불고 있다
아직은 풀리지 않는
단단한 심줄의 땅
차고 투명한 강물 속에
엎드린 피라미 떼
지느러미 파닥파닥 물풀 하나 흔들어 놓는,
저 겨울 껍질을 깨는
뾰족한 눈 하나 있다

— 박지현, 「눈 녹는 마른 숲에」 부분

두 작품 다 청각으로 환기를 불러일으킨다. 비교적 강렬하게 독자의 시선을 붙잡을 수 있으므로 좋은 수단으로 활용되고 있음을 알 수 있다.

③ 미각적 이미지

매이지 말라 매이지 말라
무시로 깨워 주던

포장집 소주맛 같은
아. 한국의 겨울 바람

조금은 안됐다는 듯
꽃잎 하나 떨구고 간다.

— 김제현, 「바람」 부분

아, 이 반가운 것은 무엇인가
이 히수무레하고 부드럽고 수수하고 슴슴한 것은 무엇인가
겨울밤 쩡하니 닉은 동티미국을 좋아하고 얼얼한 댕추가루를 좋아하고 싱싱한 산꿩의 고기를 좋아하고

— 백석, 「국수」 부분

「바람」에서는 바람을 "포장집 소주맛"에 비유하고 있고 「국수」에서는 '쩡하니 닉은', '얼얼한' 등에서 미각을 통한 묘사를 보여주고 있다.

④ 후각적 이미지

시장통에 주저앉아 순대국을 먹는다.
들깨 듬뿍 고기 듬뿍 인심이 후하다

노동의 훈김이 물씬 가슴으로 밀린다.

순대국엔 돼지 귀에 파가 들어야 제격이다
마늘에 된장에 깍두기가 곁들인다
뚱뚱한 순대 아줌마는 방긋 웃을 뿐 말이 없다.

검붉은 얼굴들이 수시로 나고 들고
때로는 쐬주 한 잔에 고성도 오가지만
그토록 그립던 냄새 텁텁한 사람 냄새.

— 유자효, 「순대를 먹으며」 전문

초유初乳의 젖내음 사방으로 번지는 마을
가고 없는 어머니의 잔잔한 눈빛일까
참았던 노오란 그리움으로
산수유 꽃이 핀다

— 선안영, 「산동마을」 첫수

「순대를 먹으며」에서는 순대국에 녹아있는 "그토록 그립던 냄새 텁텁한 사람 냄새"를 통해 인간의 풍정風情을 잡아내고 있으며, 「산동마을」에서는 산수유가 피어나고 있는 마을을 "초유初乳의 젖내음 사방으로 번지는 마을"로 묘사를 하여 이 이미지들이 각각 강렬성과 환기력을 일으키는데 기여하고 있음을 볼 수 있다.

⑤ **촉각적 이미지**

동여 맨 짚 풀들의 껄껄한 몸 맨드리에

푸른 곰팡이 포자들이 만발한 조선 메주
매달려 바라 본 세상, 보글보글 끓고 있다

— 이한성, 「벗집, 죽어서도 산다」 부분

화르르 타오르는 내 몸엔 열꽃이 돋고
세상은 천길 쑥구렁 나락으로 떨어지는데
누군가 눈 좀 뜨라고 내 이마를 짚었다.

나, 그 서늘함에 화들짝 깨어났다
눈 뜬 돌들이 지천으로 가득했다
온전히 제 안을 향한 환한 꽃밭이었다.

— 송광룡, 「돌곶이 마을에서의 꿈」 부분

두 작품에는 똑같이 촉각적 이미지가 나타나면서도 시적 분위는 상당히 다르다. 「벗집, 죽어서도 산다」에서는 보다 선이 굵고 강렬한 느낌이 나타나 거칠지만 「돌곶이 마을에서의 꿈」에서는 섬세하면서도 환한 느낌이 지배적이다. 촉각적인 이미지가 어떻게 쓰이느냐에 따라 시적 분위기가 사뭇 달라짐을 볼 수 있다.

다. 이미지시의 단점 보완 방법

그러나 일반적으로 이미지시는 이미지 중심의 산뜻함에만 있다고 생각하는 시인들이 많다. 이미지 시의 단점은 그렇다면 과연 무엇인가. 이를 보완할 수 있는 방법은 무엇인가.

알뿌리를 내놓고
구리빛 허리를 튼 나무
더위가 기어올라
목덜미에 입을 대자
가지에 매달린 아이들
오디처럼 타들었다

성푸른 잎새들
빗겨주던 바람도
긴 눈썹 다물고,
풋잠을 청하는데
첨
버
덩
하늘을 벗어던지고
구름이 강으로 뛰어들었다

— 박명숙, 「여름 한낮」 전문

첫 수는 부분적으로 촉각적 이미지가 쓰이고 있지만 전체적으로 보아 시각적 이미지가 주도해 나가고 있고 둘째 수는 시각적 이미지도 쓰이고 있지만 지배적 이미지는 청각이다. 그런데 두 수에서 둘째 수의 "첨/ 버/ 덩"이 갖는 청각이 갖는 효과는 상당히 크다. 이것은 같은 이미지라 할지라도 시각과 청각이 갖는 효과가 다르기 때문이다. 시각은 정태적인 경우가 많지만 청각은 속성상 동태적이기 마련이다. 따라서 시각적 이미지보다는 청각적 이미지가 울림의 반향이 크다. 어떤 이미지가 시를 이끌고 있느냐에 따라 시의 분위기 달라진다. 이 시는 자칫하면 무료한 여름의 더위를 더 덥게 그려냄으로써 답답해질 수도 있는 시각을 청각을 통해 역동적인 스크린으로 바꾸는데 성공하고 있다. 우리는 이를 통해 중요한 하나의 창작 원리를 발견할 수 있다. 그것은 시각으로만 의존할 경우 시는 단조로울 수밖에 없지만, 청각은 근본적으로 시의 깊이에 관여하기 때문에 좀 더 다양한 무늬를 연출할 수 있게 된다는 사실이다.

하르르 무늬바람
하르르 무늬물결

그대 향기 하도 짙어
숨이 막혀 오는 날은

속눈썹 타들어가며
불 지피는 나의 연가

— 김민정,「음악을 위하여」부분

"하르르"의 의태어가 바람이나 물결의 부드러움을 형상화 시키는데 일조를 하고 있다. "무늬바람"이나 "무늬물결"은 언어의 유포니 현상이 느껴지는 아름다운 단어이다. 바람이나 물결이 무늬를 이루면서 "하르르" 다가오는데 시인은 이 풍경을 통해 그대의 "향기"를 느끼며 숨까지 막히고 종국에는 눈썹까지 타들어가고 있다. 시각이 후각으로, 후각이 다시 촉각으로 바뀌고 있는 것이다. 말하자면 이 시는 이미지를 통해 서정자아의 심리 상태를 그려내고 있는 셈이다.

이미지의 교차는 시각과 청각이 갖는 각각의 이미지 속성에 의해 시에 상당한 탄력을 준다. 시각적 이미지가 갖는 속성은 많은 부분이 정태적이며 안정적인 성향을 가지고 있다. 물론 움직이는 상황이나 모습을 재현하고 있는 경우도 있지만 모든 상황을 움직이는 것으로 나타낼 수는 없다. 움직이지 못하는 사물들을 움직이는 것으로 나타낸다면 이는 이미지에 중점을 둔 시라고하기보다는 불안한 심리묘사 등에 적합하기 때문이다. 그러나 청각적 이미지는 시각과는 다르게 근본적으로 움직이는 속성을 지닌다. 당연히 정태적인 시각과 동작적인 청각이 만나게 되면 여기에서 시는 시적긴장을 일으키게 되고 이로 인해 시는 탄력적이고 굴곡적인 질감을 획득하게 되는 것이다. 단순히 하나의 이미지로만 되거나 일정부분에서 한 이미지가 다른 이미지로 완만하게 변화되는 것과 빠르게 각 이미지가 교차하는 것 사이에는 차이가 존재하게 된다.

보통의 경우 이미지는 역사성과 사회성을 가지지 않는다고 생각하기 쉽다. 그러나 이미지 역시 역사성과 사회성을 가진다. 다시 말해 이미지는 시대에 따라 변하며 지역과 문화에 따라서도 많은 영향을 받는다. 동양 혹은 한국의 고전적 이미지는 주로 고담枯淡하고 질박質朴한 것이 많다. 조선시대에는 성리학의 유입으로 훈고적訓古的인 성리학의 이미지가 강했다. 강호가도江湖歌道의 시에 나타난 이미지는 미의식이 그러하듯 일반화된 이미지였다. '나무'나 '꽃'은 우선 나무의 특수한 종류를 불문하고 '나무'라는 일반적인 이미지를 가지고 있었으며 '꽃' 역시 그러했다. 혹 나무의 구분을 한다해도 '소나무'는 낙목한천落木寒天의 절개를 표상하는 일반적 이미지가 고정화되어 있었고 '대나무'는 곧은 의지의 선비정신을 표징하는 것이었다. 이미지는 장르와 장르 사이, 계층과 계층 사이, 나라와 나라 사이, 문화권과 문화권의 차이에 따라서도 이미지의 양상은 판이하게 나타날 수 있는 것이다.

다음의 작품에는 이미지가 어떻게 더 강하게 나타나고 있는지 살펴보자.

그동안 숨어 살며 안 왔느냐 못 왔느냐
네 행색 내 행색이 별반 다를 바 없는
돌아갈 집 있다는 것
그 얼마나 좋으냐.

병인년 강화 해협 너울이 몰아칠 때
서책 속 의례들은 발목 삔 채 은결들고
섬 억새 일부가 되어
적막 산하 흔들었다.

변방에 홀홀단신 필생 동안 꿈꾸던 것
조선 땅 들쑤시는 미완의 슬픈 귀환
환장할 이 봄날 두고
꽃불 질러 놓는다.

— 오종문, 「귀환, 2011 봄」 전문

우리는 지금까지 이미지의 기능과 필요성, 이미지의 다양한 종류, 이미지시의 단점과 그것을 효율적으로 극복하기 위한 이미지의 어울림 등 비교적 상세하게 살펴보았다. 이미지를 잘 쓰는 것이 시를 완연하게 다르게 만들 수 있다는 점도 보았다. 이미지가 만사를 다

해결하는 것은 아니지만 적어도 시의 기본은 이 이미지의 부려 쓰기가 어느 정도인가에서 판가름이 된다고 할 수 있겠다. 창작의 포인트가 되는 부분을 정리하면 다음과 같다.

① 이미지의 생명은 명확성과 새로움이다. 모호한 이미지는 오히려 시상의 전개에 도움을 주지 못한다.

② 내 시가 힘이 없이 나약하다면 시각적 이미지로 표출되는 동태적인 장면을 묘사해 보자. 더 나아가 청각이나 후각, 근육감각적인 이미지 등을 활용해보자.

③ 내 시가 너무 들떠 있다고 판단되면 동태적인 면보다는 정태적인 가운데 아주 느릿한 움직임들이나 존재하는 것을 촘촘한 사고로 엮어보자.

④ 시각적 이미지는 집중의 효과를 나타내는데 적합하고 청각적 이미지는 분산과 확산의 효과를 나타내는데 적합하다.

⑤ 한 이미지만을 즐겨 쓰는 것은 시인의 개성일 수 있으나 그것에 대해 특별한 신념이 없다면 서로 다른 이미지를 적절히 교차해서 써보자. 훨씬 더 탄력적이고 긴장감이 높은 시를 만들 수 있다.

⑥ 이미지 너머의 것을 생각해보자. 보이는 것의 미세한 움직임을 따라가다 보면 너머의 것이 보인다. 보인다면 과감히 잡아라. 보이는 것보다 더 명료하게 그려내라.

4

비유

4. 비유

가. 비유의 원리

포장집 낡은 석쇠를 발갛게 달구어 놓고
마른 비린내 속에 앙상히 발기는 잔뼈
일테면 시란 또 그런 것, 낱낱이 발기는 잔뼈

— 가령 꽃이 피기 전 짧은 한때의 침묵을
— 혹은 외롭고 춥고 고요한 불의 극점을
— 무수한 압정에 박혀 출렁거리는 비애를

갓 딴 소주병을 정수리에 들이부어도
미망의 유리잔 속에 말갛게 고이는 주정酒精
일테면 시란 또 그런 것, 쓸쓸히 고이는 주정酒精

— 박기섭, 「꽁치와 시」 전문

시란 무엇일까. 물의 뼈이거나 바람의 발자국 같은 것일까 육중한, 딱딱한 배를 부드러움으로 떠받쳐주는 물의 장력張力 같은 것? 있는 듯하면서도 없는, 있는 것도 없는 것도 아닌 무색무취의 바람

같은 것? 속도와 욕망이 난무하는 이 위기의 시대에 죽어버린 건 아닐까. 그러나 그것은 분명 살아있다. 물의 살갗을 찢는 은빛 갈겨니 떼 위에, 빈농가의 삐꺽거리는 문짝 위에, 한 단에 100원도 안 되는 배추포기 위에, 쓴 소주로 하루를 달래는 샐러리맨의 울분 속에. 시인은 꽁치의 잔뼈에서 시의 붉은 가슴을 본다. 침묵으로 끓어낸 절망의 비애를, 술잔에 고인 고독의 앙금을 절절하게 펼쳐 보인다.

시를 포함하여 문학의 표현기교 가운데 가장 대표적인 것이 직유나 은유를 포함한 비유比喩라고 말할 수 있다. 왜 가장 대표적이라 말할 수 있는가? 그것은 인간은 언어나 문자를 사용한 이래 사물의 본질에 도달하는 경로를 생각해보면 쉽게 수긍이 가는 문제다. 외부세계의 본질 — 구태여 본질이라고까지 말하지 않아도 좋다. 그냥 간단히 있는 그대로의 상황이나 느낌을 그려낸다고 할 경우를 생각해보자. 이를테면 "사방이 캄캄한 밤, 너무 무서웠다"라는 상황과 느낌을 전달하려고 할 때 실감을 전달하기란 어렵다. 어느 정도 캄캄한 밤이었는지, 무서움의 정도가 어떠했는지가 잘 전달되지 않는다. 그래서 "절벽에 선 것처럼 캄캄한 밤, 그냥 숨이 콱 막힐 듯 무서웠다"로 얘기를 한다면 그 실감이 훨씬 잘 전달될 것이다. 이 말에는 비유의 개념이 이미 들어가 있다. 그러므로 비유는 인간의 의사 소통수단인 언어와 문자의 사용 역사만큼 뿌리 깊은 것이라 할 수 있다. 인용된 작품에서도 우리는 이 점을 잘 알 수 있다.

> 비유란 일정 사물이나 개념 (A)를 뜻하는 술어 (X)로써, 다른 또 하나의 대상이나 개념 (B)를 의미할 수 있도록 언어를 쓰는 과정 또는 그 결과다. 이때 A개념과 B개념의 통합에 의하여 복합개념composite idea이 형성되는 바, 이것이 X라는 말이 표상하는 것이다. 이 경우 A개념과 B개념의 요

인들은 각각 X에 의해 상징된 하나의 체계 속에 합쳐져 있으면서도 그들 개념상의 독립성은 보유하고 있다.[1]

예를 들어 "그의 마음은(A) 푸르다(X)"라는 말이 있을 때 이와 유사한 대상이나 개념을 생각해보면 여러 가지가 있을 수 있다. '사철나무'나 '시월의 하늘'이라고 해보자(B). 이를테면 비유는 '그의 마음(A)'과 '사철나무'나 '시월의 하늘'(B)의 통합에 의하여 '푸르다(X)' ⇒ "그의 마음은 사철나무처럼 푸르다"라는 복합개념이 형성된다는 것이다. 그러므로 비유는 '그의 마음(A)'과 '사철나무'나 '시월의 하늘'(B)이 변형, 이동하여 '푸르다(X)'라는 보조 표현 내지 관념이 행사되듯 일종의 언어 운동형태[2]라고 볼 수 있다.

얼마나 오랜 날을
묵정밭에 묵혔던고

화창한 꽃밭이건
호젓한 굴형이건

물오른
속엣말이야
다름 없는 석류알.

— 송선영, 「강강수월래」 부분

1 Alex Preminger(ed), *Encyclopedia of Poetry and Poetics*(Princeton Univ. Press, 1965), 490면.

2 비유라는 말은 원래 희랍어의 metaphora에서 온 것이다. 희랍어에서 meta는 운동 또는 변화를 나타내는 전치사로 쓰인다.

「강강수월래」에서 "속엣말"과 "석류알"의 관계 생각해보면 각각의 대상들은 X라는 하나의 체계를 갖는다.

"속엣말"(A)과 "석류알"(B)의 통합 ⇒ '자잘하고 많다(X)'

나. 비유의 종류

비유는 의미의 비유와 말의 비유로 크게 나눌 수 있다.

의미의 비유는 단어들이 그 표준적 의미에 뚜렷한 변화를 초래하는 방식으로 사용된다. 한 단어의 표준적 의미는 축어적의미라고 하는데 이는 비유적 의미와는 반대되는 것이다.

의미의 비유 또는 비유적 표현들, 즉 비유법은 표현하려는 대상을 다른 대상에 빗대어 나타내는 표현법으로 직유법直喩法·은유법隱喩法·환유법換喩法·제유법提喩法·대유법代喩法 등이 이에 해당한다.

말의 비유figures of speech 또는 '도식schemes('형식'에 해당하는 그리스어에서 유래)'은 표준용법에서의 이탈이 기본적으로 단어들의 의미에 있는 것이 아니라 단어들의 배열 순서에 있는 표현법이다. 즉 은유와 기타 생각의 비유처럼 단어 자체의 의미를 변화시키는 것과는 달리 단어들을 잘 배열함으로써 특별한 효과를 얻는 일반적인 언어의 비유이다. 흔히 수사적 표현修辭的表現, rhetorical figures으로 얘기되어진다. 이러한 표현법은 수사법상 변화법[3]이라고 한다. 변화법은 단조로움을 없이

3 수사법(修辭法)은 수사의 방법 또는 기교로 표현방법에 따라 강조법(强調法)·변화법(變化法)·비유법(比喩法) 등 크게 3가지로 나뉜다. 강조법은 표현하려는 내용을 뚜렷하게 나

하여 문장에 생기 있는 변화를 주기 위한 표현법이다. 설의법設疑法 · 돈호법頓呼法 · 대구법對句法 · 교차대구법交叉對句法 · 액어법zeugma 등이 있다. 여기에서는 간단히 그 개념들을 살펴보기로 하겠다.

1) 의미의 비유

직유는 잘 알고 있다시피 두 개의 다른 사물 사이의 비교가 '~처럼'이나 '~같이'라는 낱말로 드러난다. 원관념과 보조관념을 직접 드러내어 빗대는 표현방법이다. 즉 상사성相似性이나 유사성을 토대로 두 사물을 비교하는 표현법을 의미한다. 은유는 원관념은 숨기고 보조관념만 드러내어, 표현대상을 설명하거나 그 특질을 묘사하는 표현방법이다. 즉 비상사성非相似性 속에서 상사성相似性을 인식하는 정신 행위를 의미한다. 언어적 관점에서는 어떤 사물에 적합한 이름이 다른 사물로 전이됨을 뜻한다. 예를 들면 '내 마음은 벌레 먹은 능금이오.'에서 '마음'과 '능금' 사이에는 어떤 유사성도 없다. 따라서 이런 표현은 비상사성 속에서 상사성을 인식하는 정신 행위이며, 또 '마음'이 '능금'으로 전이됨으로써 의미론적 전이가 나타난다고 할 수 있다. 이러한 은유는 우리 관심의 주된 대상이 되어온 수사법으로, '암시적 은유implicit metaphor', '혼합 은유mixed metaphor', '죽은 은유dead metaphor' 등을 포함한다.

타내어 읽는 이에게 뚜렷한 인상이 느껴지게 하는 표현법이다. 과장법(誇張法)·반복법(反復法)·점층법(漸層法) 등이 여기 속한다. 변화법은 단조로움을 없이 하여 문장에 생기 있는 변화를 주기 위한 표현법이다. 설의법(設疑法)·돈호법(頓呼法)·대구법(對句法) 등이 여기 속한다. 비유법은 표현하려는 대상을 다른 대상에 빗대어 나타내는 표현법이다. 직유법(直喩法)·은유법(隱喩法)·환유법(換喩法)·제유법(提喩法)·대유법(代喩法) 등이 여기 해당한다.

초봄의
설레임 같은,

첫날밤
수줍음 같은,

바람난
가시내의
질정없는 몸부림 같은,

초점을
맞추지 못한
망원렌즈
눈,
눈,
눈.

— 서일옥, 「안개」 전문

자주 변모한 모습
그 뜻 아는 이 없고
수시로 가슴 데우는 우리들 이 시대를

조각달
한낮을 씻으며
길을 밝혀 서 있다

— 박영교, 「거울」 둘째 수

물 좋은 청어 잠든
저녁바다 닻 내리고

구원을 기다리는
마법의 성채 아래

밀려와 세레나데 부른다
부딪는 은빛 종소리

— 김일연, 「수선화」 전문

「안개」에서 “안개”와 “초봄의 설레임”, “첫날밤 수줍음”, “바람 난 가시내의 질정 없는 몸부림”의 관계는 상사성相似性이나 유사성을 토대로 두 사물을 비교하는 표현법인 직유를 활용하고 있고, 「거울」에서 “거울”과 “조각달”의 관계, 「수선화」에서 “수선화”와 “은빛 종소리”의 관계는 유사성이 없는 비상사성非相似性 속에서 상사성相似性을 인식하는 정신 행위인 은유를 활용하고 있다.

환유는 표현하려는 대상과 경험상 밀접하게 연상되는 다른 사물이나 속성을 대신 들어 나타내는 표현방법이다. 즉 접촉성에 토대를 두고 한 사물을 다른 사물로 치환하는 표현법으로, 이때 접촉성은 공간적 접촉과 논리적 접촉으로 나눌 수 있다. 예를 들면 ‘왕관王冠’은 ‘왕’을 대신하는 것은 전자에 속하며, “나는 벽초 홍명희를 모두 읽었다.”에서 ‘벽초 홍명희’는 ‘벽초 홍명희의 저서’를 대신하는 것은 후자에 속한다.

제유는 부분과 전체의 관계에 토대를 두고 두 사물을 치환하는 표현법으로 사물의 한 부분으로 전체를, 또는 하나의 말이 그와 관련

되는 모든 것을 나타내는 표현방법이다. 예를 들면 "바다에 열 개의 돛이 떠 있다."에서 '돛'은 '배'를 의미하는데, 이는 '배'라는 전체를 '돛'이라는 부분으로 치환한 경우이다. '남자의 계절'이라면 가을을 말한다. 다시 말해 '돛'처럼 상위개념이 하위개념에 의해 나타나기도 하며 '계절'처럼 하위개념이 상위개념에 의해 나타나기도 한다. 재료의 이름이 그 제품을 표시하는 경우도 해당된다.

대유는 사물의 일부나 그 속성을 들어서 그 전체나 자체를 나타내는 비유법이다. "백의의 천사", "요람에서 무덤까지"와 같은 표현 등이 이에 속한다.

2) 말의 비유

사랑을 버리고 싶다
버릴 사랑
어디 있느냐

백담사
굽이 오름 길
어둠이 참 맑다

스님은
혼자 서 있고
선은
여럿 모여 산다

— 김영재, 「참 맑은 어둠 — 무산스님 생각」 전문

설의법은 대답을 전제로 하는 것이 아니라 수사학적 효과만을 노리는 질문의 형식이다. 질문의 형식이긴 하나 독자들의 대답을 전제로 하지 않는다. 그러므로 설의법은 실제로 대답을 전제로 하는 것이 아니라 수사학적 효과만을 노리는 질문 형식으로, 이미 가정하고 있는 답에 청중이 참여하도록 기회를 주어 직설법보다 더 강한 효과를 얻고자 할 때 쓰는 표현법이라고 할 수 있다. 인용시에서 "버릴 사랑 어디 있느냐"라는 질문은 구태여 답을 전제로 하지 않는다. 그렇지만 독자들은 답을 기대하고 이를 작품의 내면에서 이를 찾고자 한다.

돈호법은 어떤 추상적 사물이나 현재 존재하지 않는 대상을 마치 현재 존재하는 듯이 그를 향해 직접 부르는 문체를 말한다. 이 표현법은 아주 공식적인 경우나 갑작스런 감정분출 시에 쓰인다. 예컨대, "오! 그대여, 내 사랑을 받아주소서" 같은 표현을 들 수 있다.

설의법이나 돈호법은 시의 밋밋한 흐름에 긴장을 주는 효과적인 방법의 하나이다. 특히 완만한 어조의 흐름으로 시에 새로운 변화를 주거나 강조를 할 때 드물게 사용하면 효과를 거둘 수 있다. 물론 이를 자주 남발하는 것은 좋지 않다.

대구법은 어조가 비슷한 문구를 나란히 배열하여 문장에 변화를 주는 표현법이다. 시조의 초장이나 중장에서 많이 등장한다. "산에는 눈 내리고 들에는 찬비로다" 등이 그 예인데 흔히 대구는 서로 연관되는 사물끼리 유추되어 해석되는 경향이 있다. '찬비'가 '한우寒雨'라는 기생을 가리키므로 '눈'은 기생의 무리로 해석되는 경우가 그렇다.

개는 혓바닥으로 그릇을 잘 닦는다

나는 혓바닥으로 접시를 잘 닦는다

얼마나 현실적인가 혓바닥의 극치.

— 박영식, 「습성」 전문

대구법은 특히 시조의 초장과 중장이 병렬구조를 많이 취하고 있다는 점에서 적극 활용할 수 있는 방법 중 하나이다.

교차대구법은 문장에서 통사구조가 동일한 2개의 어구나 절節이 나란히 연속될 때 서로 대치되는 단어의 순서를 바꾸는 표현법이다. 이 효과는 시의 소리나 두음이 서로 비슷하게 남으로써 더욱 고조된다. 액어법은 하나의 단어가 2개 또는 그 이상의 단어를 동일한 문법관계로 구속하면서 그 뜻이 경우에 따라 조금씩 달라지는 표현법이다. 즉 하나의 형용사 또는 동사로서 서로 다른 2개 이상의 명사를 수식 또는 지배하는 표현법이다.

다. 치환과 병치

"A는 B다"라는 관계는 A와 B의 관계가 어떠냐에 따라 치환은유와 병치은유로 나누어진다.[4] 종전의 은유는 대개 치환의 관계에서 설명되었다. 그러나 현대에 와서 치환으로만 그려낼 수 없는 복잡한 양상이 시에 개입하게 된 것이다. 치환은유epiphor는 어원상 epiover on·to와 phorasemantic movement의 뜻이고, 병치은유diaphor는 diathrough와

4 Philip Wheelwright, *Metaphor and Reality*, Indiana University Press, 1973.

phora[semantic movement]의 뜻을 가지고 있다. 따라서 이 둘의 공통된 요소는 의미론적 '운동'인 phora[semantic movement]이다. 그 운동의 양상을 보면 치환은유는 '전이'이고 전이는 유추이며 곧 두 사물의 유사성에 의존한다. 이에 반해 병치은유는 서로 다른 사물들의 '새로운 결합'이며 조합적인 성격을 가진다.

치환은유에는 단순은유, 확장은유, 액자식 은유의 3가지가 있다. 단순은유는 하나의 원관념에 하나의 보조관념이 연결된다. 이에 반해 확장은유는 하나의 원관념에 두 개 이상의 보조관념이 연결된다. 액자식 은유는 액자 소설처럼 은유 속에 또 하나의 은유가 들어가 이중 삼중으로 의미가 중첩되는 경우를 말한다.

> 뎅그렁 바람따라
> 풍경이 웁니다.
>
> 그것은, 우리가 들을 수 있는 소리일 뿐,
>
> 아무도 그 마음 속 깊은
> 적막을 알지 못합니다.
>
> 만등卍燈이 꺼진 산에 풍경이 웁니다.
>
> 비어서 오히려 넘치는 무상의 별빛.
>
> 아, 쇠도 혼자서 우는 아픔이 있나 봅니다.

— 김제현, 「풍경(風磬)」 전문

이 작품은 은유가 직접적으로 드러나지 않는다. 그러나 "풍경"이라는 원관념이 "마음 속 깊은 적막" "비어서 오히려 넘치는 무상의 별빛" "혼자서 우는 아픔"등으로 묘사되고 있음을 알 수 있다. 이 보조관념을 통해서 시인이 드러내고자 하는 바가 '적막 → 무상 → 아픔'으로 나타나고 있는데 이 보조관념의 관계가 주제의식을 점층적으로 드러내고 있어 확장은유의 좋은 실례를 보여준다. 확장은유를 잘 활용하면 좋은 시를 쓸 수 있다. 단순은유보다는 확장은유는 그 사유의 전개가 시 전체에 미칠 수 있는 장점을 가지고 있으며 시의 구성을 탄탄하게 만드는 데도 어느 정도 기여를 하기 때문이다.

새는 날아서 하늘에 닿을 수 있고
무성한 벽들은 어둠 속에 빛날 테지만
실로폰 소리를 내는
가을 날의 기인 편지

— 이우걸, 「비」 중에서

구인 벽보판을 빗방울이 때리고 있다
광포한 빗방울들이 자모를 때리는 동안
무노동 무임금주의의
깃발이 지나간다

— 이우걸, 「비」 전문

동일인의 같은 제목의 이 작품에는 서로 다른 세계에 대한 인식이 있다. 전자의 작품에서 비를 "실로폰 소리를 내는/ 가을 날의 기인 편지"로 보는 인식에는 세계에 대한 따뜻함이 있는 반면, 후자의 작품 "무노동 무임금주의의 깃발"에는 세계와의 팽팽한 대결 인식이 있다. 전자는 치환은유에 해당되고 후자는 병치은유에 해당된다.

1.
멍울진철쭉꽃이다, 탁밸은가래침이다, 싯누런금강하구까지닻줄
에질질끌려갔다, 또다시삼사오월이면거슬러오르는 암초다

2.
아빠의 실종이다, 변변한유언도없이, 수십번까무러져 눈이풀려
도죽지를않던, 우리네배고픔이다, 핍박이다, 빈곤이다

— 정휘립, 「봄은」 부분

인용시 「봄은」은 통념상 우리가 생각하는 일반적인 봄과는 전혀 다른 봄이 은유법으로 나타나고 있다. 여린 새싹들이 돋아나고 바람도 살랑살랑 살결에 매끄럽게 부서지는 찬란한 봄이 아니라 가난과 죄악의 핏덩이와 오욕덩어리임을 얘기한다. 독설에 가까운 이 언사에는 왜곡된 현실에 대한 뒤틀어 보기가 숨겨져 있다. 시조의 각 장과 띄어쓰기까지를 무시한 실험정신으로 무장된 이 작품은 병치은유의 대표적 예가 된다.

5

동시조

5. 동시조

후천적인 경우도 있겠지만, 많은 시인들은 성장기 때 대개 어떤 계기가 주어져서 시를 쓰게 된다. 큰 깨달음보다는 어찌 보면 아주 사소한 일이 평생의 진로를 바꾸어 놓는 것이다. 아동문학은 그래서 중요한 의미를 지니기 마련이다. 그러나 같은 아동문학의 범주라 할지라도 하위 장르의 속내를 들여다보면 여기에도 엄연히 냄새나는 위계질서가 있고, 시인으로서 마땅히 받을 대접을 못 받는 소외그룹이 있다. 상업화의 논리가 팽배해 있는 현실 상황 탓이라고 보기에는 신중히 검토해보아야 할 문제가 있다고 생각된다. 전문가 집단이 이미 형성된 동시와는 사정이 다르긴 하지만 동시조는 그야말로 어정쩡한 상태에서 지리멸렬해가고 있는 형국이다. 강렬한 문학적 상상력이나 영감을 줄 어떤 제도적 장치와 노력이 동시조 창작을 위해서는 없는 것이다. 이 장에서는 한국 동시조의 흐름에 대해 살펴보고 여기에서 도출되는 문제를 근거로 한국 동시조가 나아가야할 방향을 제시해보고자 한다. 동시조 창작에도 도움이 되도록 창작기법 쪽으로 접근해 보고자 했다.

가. 초창기의 주요작품들

동시조의 역사는 지금까지 밝혀진 가장 오래된 동시조 작품인 심훈의 「달밤」으로 보면 70년이 넘었지만, 동시조 창작에 대한 자각이 구체적으로 일어난 1968년을 기준으로 보면 40여 년밖에 되지 않는다. 그것도 동시조의 필요성을 절박하게 느낀 몇 사람들에 의해 움직이다 보니 많은 이들에게 공감대를 형성하지 못했다. 그러나 작품만을 놓고 보자면 오히려 장르 담당층이 좀더 확산된 오늘날과 견주어도 전혀 손색이 없을 정도로 높은 수준을 유지하고 있다.

(1)

저 달이 네 눈에는 능금으로 보이다냐
어린 것 등에 업혀 따 달라고 조르네
네 엄마 얼굴을 보렴 달 한 송이 열렸고나.

— 심훈, 「달밤」 전문

(2)

띄 밭에 보슬보슬
봄비가 뛰논다
샛노란 띄싹은
흙덩이 헤치고
작은 손 목 넘겨들어
나도나도 달라네.

— 조윤재, 「봄비」 전문

(3)

창에만 피는 얼음꽃
꽂아둘 꽃은 없어
빈 병에 버들강아지
한 가지를 심어놓고
겨울 속
싹트는 봄을
나랑 둘이 지킵니다.

보송한 더듬이로
얼음꽃을 쓸어 먹고
강아지, 버들강아지
눈 비비는 하루 아침.
요요요!
젖줄을 따라
품에 들며 설렙니다.

— 박경용, 「버들강아지」 전문

(4)

사뻔 사뻔 사뻔
가만 가만 가만
거미줄 채를 쥐고
가슴도 달싹 달싹
큰마당
빙빙 맴돈다
잠자리를 쫓는다.

앉을까 말까

챌까 말까

잡힐 듯 또 파르르

마음 졸인 술래잡기

잠잘아

고추잠잘아

고기고기 앉아라

— 이근배,「잠자리」전문

(1)과 (2)의 작품은 1934년 과 1935년, (3)과 (4)의 작품은 1968년과 1969년에 발표된 것으로써 두 작품군에는 30년 이상이 간극이 있지만 그 서정의 차이는 크게 느껴지지 않는다. (1)과 (2)의 작품에는 '달'과 '봄비'의 자연적 대상을 통해 동심의 세계를 그려내었다. '조르네'와 '달라네'의 청유적 진술을 통해 순박한 동심이 당대 현실에 어떻게 굴절되고 있는가에 대하여 우회적 질문을 던지고 있는 것이 주목된다. 일제강점기 시기의 궁핍한 농촌 실상 가운데 우리의 어린이들이 겪어내야만 했던 배고픔과 절망의 가장 진솔한 표현 방법이 아니었을까. 그러나 시인은 이러한 현실을 '달 한 송이' 열린 '엄마의 얼굴'로 환치시키면서 거기에 넘치는 무한한 평화와 안온함을, '너도 나도' 작은 손을 디미는 새싹들에게서 푸릇푸릇한 생명성과 건강함을 그려내고 있다.

이에 비해 (3)과 (4)는 보다 현대적인 감각으로, 동심에 가까이 다가가 있음이 감지된다. 보다 현대적인 감각은 단순한 서술형 어미를 쓰지 않고 '요요요!'라든지 '잠잘아/ 고추 잠잘아/ 고기고기 앉아라' 등 감탄이나 독백 등 다양한 수사법을 동원하여 시적 긴장과 굴곡을 느끼게 하고 있다는 점에서 그렇다. 보다 동심에 접근하고 있음이 감지되는 것은 (1), (2) 작품의 서정자아가 어른이거나 의제된 어른인 점에 반해 (3)과 (4)의 경우는 온전하게 어린이라는 점에서 그러하다.

나. 자연의 아름다움과 깨달음

90년대 동시조는 60~70년대와는 달리 장르 담당층과 세계관이 훨씬 다양해진다. 자연을 통한 아름다움과 깨달음이 가장 광범위한 주제로 나타나면서 때로 현실에서 느끼는 아픔, 더 나아가서는 역사 현실에 대한 자각과 존재론적 성찰의 깊이에도 이르는 다양한 무늬를 보여준다. 이 다양한 무늬의 바탕은 무엇일까. 그것은 뭐니뭐니해도 대자연일 것이다. 크게는 산과 바다와 강과 들판, 작게는 꽃, 나무, 새 등에 이르기까지. 그래서 이것들을 대상으로 쓴 작품들이 많다. 동시조 마찬가지다.

(5)

홀딱 반할 마을 하나 도화지에 옮겨놓자
산 하나 세워놓고 시냇물도 돌려놓고
울 밖에 살구꽃 피면 짝꿍 불러 함께 놀자

기와집이 어떨까 아니야 초가집이야
동구 밖 그 자리에 느티나무 자라게 하자

위에선 까치도 놀고 그늘에는 나그네

들머리 훨씬 지나 무지개 걸어 놓고
송아지 두어 마리 제물에 울게 두고
오늘은 원두막으로 동화책을 들고 가자

— 유성규, 「내가 살 꽃마을」 전문

유성규 시인의 「내가 살 꽃마을」(5)은 배산임수의 살구꽃 피는 초가집이 있는 마을이다. 인정이 넘치고 따스한 마을이며 자연과 조화를 이루며 살아가는 전형성을 지닌 시골 마을이다. 그 속에 '짝꿍 불러 함께 놀'고, '동화책'만큼 건강한 마을……. 그러나 아이러니하게도 이제 그런 마을은 없다. 시인은 이를 염두에 두고 가상적 공간으로 처리하였다. 박옥위 시인의 다음 작품에도 자연의 위대성은 그대로 살아난다.

(6)
좁쌀같은 배추씨앗
한 알을 받고는

무슨 의논 했을까
그 밭의 흙들은

커다란 통배추 하나로
스스로 자랄 동안

강냉이 한 알 받고

강냉이 몇 자루 주고

콩 한 알 받고서는
콩꼬투리 째 몇 개나 주고

흙은 꼭 엄마와도 같이
아무 말도 안한다

— 박옥위, 「흙은, 참!(1)」 전문

흙 속에 심어논 '배추 씨앗 한 알'이나 '강냉이 한 알'이라도 허술하게 놓아보내지 않고 '커다란 통배추'와 '강냉이 몇 자루'로 돌려주는 흙의 위대성은 '어머니'와 다를 바가 없다할 것이다.

(7)
샛노란 보름달을
누가 베어 먹었지

혹시나 하느님이
밤참으로 먹었을까

아니야 스치는 갈바람이
먹장 구름 가리킨다

— 김옥중, 「조각달」 전문

(8)
사알짝 돋아난 막내 동생 젖니 같은

흙 틈새 뚫고 나온 봄나물 새촉같은

가느단 새 순 한 가닥

하늘밭에 솟아났다

— 윤삼현, 「눈썹달 2」 전문

(9)

하늘은

푸른 바다

눈썹 배가 떠가고

하늘은

넓은 호수

구름 새가 쫓아오고

바람이

얼굴을 감춘채

씽씽 뛰는 운동장

— 김사균, 「하늘은」 전문

이 작품들은 하늘이나, 하늘에 떠있는 달을 얘기하고 있지만 그려내는 것은 각기 다르다. 김옥중 시인은 '보름달'의 일부분만 남아있는 「조각달」을 '하느님이/ 밤참으로 먹었을까'라고 엉뚱하게 추측해보다가, 그것보다는 그 '보름달'을 가린 '먹장 구름'이라고 슬며시 핑계를 댐으로써 동시에서 얻기 어려운 재미성을 가미하고 있다. 윤삼현 시인은 재미보다는 참신한 비유를 통해서 이제 갓 생겨난 초승달의 모습을 그려내고 있다. 초승달을 '눈썹달'이라고 새롭게 해석하려는 것도 재미있어 보인다. '동생 젖니'나 '봄나물 새촉'은 '초승달'과 잘 어울리는 비유라고 볼 수 있다. 그런가 하면 김사균 시인은 하늘을 '푸른 바다'와 '넓은 호수', '운동장'으로 비유하여 그려내고 있다. 거기에는 각각 이와 대응되는 사물들을 한 가지씩 설정하였는데 '눈썹 배', '구름 새', 얼굴을 감춘 바람 등이 바로 그것이다. 단순하게 하나의 비유로 그려내는 것과는 상당한 차이를 보여준다.

가) 하늘은/ 푸른 바다/ 눈썹 배가 떠가고

나) 하늘은/ 푸른 바다/ 파도치는 푸른 바다

가)는 하늘이 푸른 바다로 변하여 거기에 더 보태어 바다 위에 조각배(원래 의미는 초승달 혹은 그믐달)가 떠가는 풍경까지를 보여주지만 나)는 다만 '푸른 바다'라는 단순한 묘사에 그치고 만다. 자연은 어떻게 어디까지를 그려내느냐에 따라 이렇듯 달라진다. 그런데 여기에서 한 걸음 더 나아가 자연적 대상을 그냥 멀리 있는 것으로만 바라보지 않고 그 대상에 시인의 마음을 실어주게 되면 더욱 그 대상은 우리와 친근하게 가까워진다.

(10)

꽃이 지네

하얀 잎이

땅바닥에 떨어지네.

어머나!

이렇게

고운 잎에 흙이 묻네

꽃잎아
두 손 벌렸다
내 손바닥에 떨어져라.

— 김상형, 「꽃잎」 전문

(11)
옥수수
개꼬리가
붙잡다가
놓치고

수수이삭
서속이삭
붙잡다가
놓친 것을

마당의
바지랑대가
힘 안들이고
잡았네

— 정태모, 「잠자리」 전문

김상형 시인의 「꽃잎」에는 꽃이 지는 것을 안타까워하는 어린이의 마음이 잘 나타나 있다. 정태모 시인의 작품에도 부드럽게 휘어지는 물체에는 앉지 못하고 '바지랑대'라는 버팀대에는 쉽게 앉은 잠자리를 보고 그것을 놓치고, 잡는 것으로 의인화하여 동심을 실어낸 것이 눈에 보일 듯, 손에 잡힐 듯 친근감을 느끼게 한다.

다. 현실과 역사의 반영

자연을 대상으로 한 동시조는 자유시나 동시가 그런 것처럼 절대 다수를 차지한다. 그러나 사람은 사회적 동물이며, 사회와 현실을 떠나서는 살아가기 힘들다. 그러기에 현실이나 역사를 시에 담아내고자 하는 노력은 소중할 수밖에 없다. 동시조에도 이런 작품들은 소중하게 읽힌다.

(12)

하나님께 은밀히
드릴 말씀이 있는데요

주소도 전화 번호도
모르고 있잖아요

더구나 팩스 번호를
제가 어찌 알겠어요

— 장순하, 「하나님은 내 친구 1 — 전화번호」 전문

(13)

겉으론

끄덕끄덕

안으로

도리도리,

독버섯

여기저기

냄새나는

사람숨결,

그래도

하늘 뜻 하나

안에 새겨

살곱다

— 경철, 「새로운 출발 2」 전문

(14)

오늘은

젓가락 쓰는 법을 배웠다

반찬이 튕그러지고

밥은 흐트러지고

콧등에 입언저리에

앙괭이를 그렸다.

새들은
젓가락 같은 긴 부리로 잘도 집는데

우리는
손가락이 자꾸 얽혀 애를 먹는다

아차차 또 놓쳐버렸네
떠오르는 엄마 얼굴

— 허일, 「콩이의 일기」 전문

(15)
등나무에 기대서서
신발코로 모래 파다,

텅 빈 운동장으로
힘 빠진 공을 차본다

내 짝꿍 왕방울눈 울보가
오늘
전학을 갔다

— 김일연, 「친구 생각」 전문

(16)
우리아기 날마다 예쁜 꿈꾸면서
자다가도 자꾸만 배시시 웃더니

쏘~오~옥

아랫니 두 개 새싹처럼 돋았네

— 정영애, 「아기 베개」 전문

장순하 시인은 일찍이 '국민시조'라 하여 '경시조'쓰기 운동을 펼친 바 있다. 이를테면 본격시조인 중시조보다는 일반인들이 이해하기 쉽고 쓰기 쉬운 생활시조 운동의 하나로 이 운동의 필요성을 역설하고 두 권의 경시조집을 펴내기도 했다. 예를 든 작품도 '하나님'이라는 문명의 이기를 초월한 신성한 존재를 평범한 사람으로 끌어내려 아무렇지 않게 그려내고자 했다. 경철 시인의 작품에도 현실의 모습을 '독버섯/ 여기 저기'라고 하여 비판하고 있다. 허일과 김일연, 정영애 시인의 작품에는 일상생활에서 느끼는 것들 중 인상적인 기억이나 사건을 사실적으로 그려내고 있다.

(17)

사진을 보는 순간 눈앞이 아찔했다

빛 한 점 없는 아득한 어둠 세계

시커먼 개펄이 온통 천지를 다 메웠다

어렴풋하게나마 드러난 수평선 위엔

분명, 샛별을 거느린 조각달이 떠 있었다

바다는 물때를 만나 곰실곰실 기어오고

그 개펄 밤 풍경을 카메라에 담느라고

플래시를 터트리며 내 딴은 공들였는데

어쩌면! 한낱 개펄로만 둔갑해 버리다니

아쉬움 못 떨치고 눈여겨 보느라니
차랑차랑 밀려오는 빛 물결을 지켜서서
진흙에 발목 잡힌 채 내가 혼자 거기 있다

— 박경용, 「별난 사진」 전문

박경용 시인의 이 작품에는 밤바다에서 찍은 애 사진이 현상된 것을 보고 그 느낌을 아주 자세하게 그려내고 있다. 아주 근사한 사진이 나오리라 기대했는데 '시커먼 개펄'만 드러난 상황을 차분하게 그려냄으로써 동시조로서는 아주 독특하면서도 정밀한 세계를 보여주고 있다.

(18)
어머닌 내 손을 끌고
차도를 뛰어 건넙니다

선생님은 날마다
이러지 말라하셨는데

이럴 때
어떡해요 나
선생님 어떡해요

— 문무학, 「어떡해요, 나」 전문

(19)
초가집 헐어내고 빨강 파랑 양철 지붕

하아! 세상은 갈수록 깨끗하고 깨끗하여라
국도 변
신고 받습니다 전주 위의 까치집

— 이지엽, 「깨끗한, 참 깨끗한」 전문

(20)
덧셈 뺄셈에다
곱셈과 나눗셈을

배운 대로 익히고는
분수 숙제하는 오늘

분단된
남한과 북한
서로 2분의 1이구나

— 서벌, 「1/2」 전문

현실을 있는 그대로 그려내는 것도 중요하지만 어떤 생각으로 그려내느냐는 더욱 중요하다. 위의 작품들은 그러한 예를 보여주는데 (18)의 작품에는 교통신호를 무시하는 어머니와 잘 지켜야한다는 선생님의 당부 사이에서 이러지도 저러지도 못하는 어린이의 심정을 통해 어른들의 잘못을 꼬집고 있다. (19)의 작품에도 날로 편리함을 추구하는 현대문명 속에 점차 잃어만 가는 인간적인 따뜻함을 그리워하는 내용을 담고 있고, (20)은 분단된 현실을 산수 숙제를 하면서도 드러냄으로써 자연스럽게 역사의식까지 생각을 연장시키고 있다. 동시조가 어린이는 물론 어른들에게도 깊은 감명과 교훈을 주는 쪽으로 전개된다면 더 바람직한 일이라 하지 않을 수 없다.

라. 사물에 대한 새로운 해석

자연이나 혹은 현실, 더 나아가 역사까지가 동시조의 시적 대상이 되고, 이에 대해 창작된 작품이 주종을 이루어 왔다. 그런데 또 하나 폭넓게 활용되는 방법을 보면 어떤 사물에 시선을 집중시켜 그 사물을 재미있게 묘사해보는 것이다.

(21)

뙤약볕에 그을리는
초록색 지구덩이
씨줄은 지워지고
날줄만 선명하다
적도쯤
쪼개고 보면
진다홍의 속엣말.

— 경규희, 「수박」 전문

(22)

별빛 먹고 자랐을까
이슬 먹고 깨었을까

햇살도 눈이 부셔
파르르 떠는 길섶

수줍어 입술 삐무는
새악시를 닮은 꽃

날개 젖힌 꽃잎 두 장
살폿한 정 품어 안고

파르라니 고운 자태
바람도 숨을 죽여

가신 이 보일 듯 말 듯
그리운 맘 닦는 꽃

— 윤현자, 「달개비꽃」 전문

(23)
바닷물도 숨이 가빠 새파라니 올라온
화엄사 각황전 추녀 끝에 물고기는
땡그랑 땡그랑 울며 하늘못을 맴도네

사람들만 사는 세상 높은 굴뚝 연기 매워
살랑살랑 꼬리 저어 바람따라 가다 말고
떠나온 물길 그립다, 가을비나 부르네

— 홍성란, 「물고기 한 마리」 전문

(24)

와! 비다

쏟아진다

북소리 쏟아진다

마음을 열어라

목청을 돋구어라

우렁찬 오케스트라

빗방울의 음악회

어디선가 들려온다

툭투툭 후두두둑

케스넷 소리다

작은 북소리다

산울림 울려 퍼지는

빗방울의 음악회

— 박석순, 「음악회」 전문

(21)의 작품은 '수박'을, (22)의 작품은 '달개비꽃'을, (23)의 작품은 '풍경風磬'을, (24)의 작품은 '빗방울'을 각각 그려냈다. 보이는 외면을 세밀하게 그려 내보는 것이 기본이지만[(22)], 사물의 속성[(21), (24)]을 파악해보는 것도 좋은 방법 중의 하나다. 거기에 상상

력이나 비유를 얹으면 보다 다양한 느낌을 가져오는데 (19)의 '수박'을 지구덩이로 보는 것이라든지, (24)의 '빗방울'이 쏟아지는 것을 음악회를 열고 있는 것으로 본다든지, (23)의 '풍경'을 울려나는 것을 물고기 한 마리가 물길을 그리워하는 것으로 보는 것 등이 이러한 예에 해당된다.

아주 드물기는 하지만 자연이나 삶을 나름대로의 소박한 논리로 해석해보는 시도도 있는데 다음의 경우는 그 좋은 예에 해당된다.

(25)

산이
선 채로
한없이
견딜 수 있는 것은

발 아래
무릎 아래
맑은
강물 속에

물고기
뛰노는 모습
항상
볼 수 있기 때문

강이
산의 주위만

한사코
맴도는 것은

산에서
새어나오는
아름다운
향기며

새들의
노랠 소리를
늘
들을 수 있기 때문

— 이해완, 「산과 강」 전문

산과 강이 언제나 연대어 있는 것은 지형적인 이유에 해당되지만 시인은 '물고기의 모습을 항상 볼 수 있'고, '새들의 노래 소리'를 들을 수 있기 때문이라고 말한다. 동심의 순박한 이유를 들어 나름대로의 해석을 보여준 것이다.

한국 동시조의 깊이 있는 발전을 위해서는, 작품을 통해 무엇인가를 생각하게 하고, 그 생각으로 삶이 여물어 갈 수 있다면 더 바랄 나위가 없을 것이다.

(26)
나직한 콧노래처럼
가슴 촉촉이 젖는 밤

날 새면
부신 연분홍
앵두꽃도 벙글겠다

내 동생
무거운 말문도
그냥 슬슬 열리겠다

— 진복희, 「봄비」 전문

(27)
밤나무 아래 서서
하늘 한참 쳐다보면

할배가 감췄다가
꺼내 주는 알사탕처럼

한 개 뚝!
떨어지는 아람
산 고요가 무너진다

— 서재환, 「산고요」 전문

위의 두 편의 작품에서도 '봄비'나 '고요'의 의미를 통해 시의 행 사이에 생각할 수 있는 공간을 마련하고 있다. 「봄비」에서는 그 '봄비'가 어떠한 역할을 해줄 것인가라는 추측과 바람을, 하나는 앵두꽃 벙그리라는 자연적 현상을 통해 다른 하나는 동생의 말문이 트이리라는 생활 가운데의 기대를 통해 작지만 아름답게 그려내고 있다. 「산고요」에서는 밤 한 송이가 그 큰 산의 고요를 무너뜨리는 것을 자연스럽게 그려내고 있는데 이 자연스러움은 중장의 비유에서 연유하고 있다. 위의 세 작품은 시적 대상을 통해 나름대로의 해석을 통해 보여주지만 그렇지 않는 경우도 있다.

(28)

하필이면 다른 아홉 그루는 다 놔두고 어쩌면
저기 저 느티나무에만 둥지를 틀었을까 언제쯤
그 둥지 아기새에게 그걸 물어 볼 수 있을까

— 이정환, 「어쩌면 저기 저 나무에만 둥지를 틀었을까」 전문

이 작품에는 해석이나 판단을 시인이 한 방향으로 정하여 보여주지 않는다. '아홉 그루는 다 놔두고 어쩌면 저기 저 느티나무에만 둥지를 틀었을까'라고 시인은 독자에게 묻는다. 독자들은 이 질문을 각자에게 던져보며 생각하게 된다.

과연 뭘까? 여러 가지 답이 가능하다. 정답이 따로는 없는 셈인데, 어떤 것에 대해 사유하고 고민하게 하는 것— 거기에 시인은 의미를 두고 있는 것이다.

마. 동시조가 나아가야 할 방향

우리는 지금까지 우리나라 동시조의 흐름을 어떤 시적 대상을 가지고 어떠한 방법으로 창작되어져 왔나를 살펴보았다. 자연과 현실

혹은 역사, 그리고 사물 등에 이르기까지 아주 광범위한 소재를 시적 대상으로 삼아 다양하고 새로운 세계를 보여주었다고 정리해 볼 수 있겠다. 그렇다면 앞으로 21세기 우리 동시조가 나아가야 할 방향은 어떻게 설정되어야 할까. 지금까지 전개되어 온 양상을 전제로 다음 몇 가지를 제시해보고자 한다.

동시와 마찬가지로 동시조 역시 아동을 위한 시이고 보면 당연히 교훈성을 띨 수 있다고 본다. 그러나 자연스러운 서정성에 바탕을 두지 않고 일방적으로 자기주장을 한다든지, 추상적인 어휘로 공감을 얻지 못하는 경우가 허다하다.

> 비만 오면/ 강물에는 고기떼가 죽어나니//
> 막 버린/ 자연훼손/ 너도나도 막아보세
>
> —「이래서 되겠는가」

> 높다란 하늘아래/ 기다긴 목을 느리고//
> 평화를 노래하면서/ 자유가 그립대요
>
> —「동심의 꽃밭에서」

> 흘러가는 영원으로/ 먼 훗날/불멸의 노래/ 부를 날을 위하여
>
> —「화병의 꽃다발」

> 사람이 사람의 도리를 모르면/ 만물의 영장이라 말 할 수 있겠는가
>
> —「효도」

동시가 그러하듯 동시조 역시 시적 화자는 아동이여야 한다. 아동의 눈과 아동의 가슴과 아동의 목소리여야 한다. 그런데 동시조 중

에는 제목이 「아내를 바라보며」 같은 것들도 있어 시적 화자에 대한 무지를 드러내고 있는 경우도 있다.

다음으로 지적할 수 있는 것은 동시조를 창작하는 전문가가 배출되어야 하고 이에 대한 창작의 활성화를 위한 제도적 장치가 만들어져야 한다는 점이다. 동시조는 동시와 달리 지금껏 시조시인들에 의해 비전문적이고 간헐적으로 창작되어져 왔다. 『한국 동시조』(발행인 : 박석순)가 그나마 90년대를 지켜왔고, 박경용, 서재환, 신현배, 진복희, 허일 시인 등이 『쪽배』라는 동인을 결성 몇 권의 동인지를 내는 정도에 불과했다. 더욱이 기성 시조 전문지에서는 철저하게 소외당하고 있다. 동시조를 쓰는 전문 작가군이, 각종 신인상을 통해 등단할 수 있도록 신인상 부분에 동시조 부분을 신설해야 한다. 이러한 것들이 하루아침에 될 수는 없으므로 시조시인들이 동시조에 대한 애정을 아울러 가질 필요가 있다.

마지막으로 강조하고 싶은 것은 동시조 창작을 하는데 있어서도 고전적이고 자연적인 소재보다는 오늘의 우리 현실을 가감 없이 담아내는 작품들이 많이 창작되어져야 한다는 것이다. 21세기의 첨단시대를 살아가는 오늘날 동시조만이 초가집과 둥근 달을 그려내고 있다면 문제가 아닐 수 없다. 사이버 공간과 컴퓨터와 테크노 댄스와 채팅방에 길들여진 우리의 어린이들이 과연 얼마만큼 그러한 세계에 공감할 수 있을까. 이제 이들의 생활 속으로 들어가 그들의 마음이 되고 그들의 사고를 가져와야 한다. 동시조가 사랑 받을 수 있는 장르가 되기 위해서는 민족 고유의 숨결이 흐르는 그릇 안에 오늘날의 생각과 역사를 살아 숨쉬게 해야 한다. 이것은 동시조를 창작하려는 모든 이들 뿐만 아니라 시조 창작자 모두에게 주어진 신성한 의무이며 책임이라고 생각된다.

6

3장 6구 12음보의 형식성

6. 3장 6구 12음보의 형식성

시조는 고려 말에 생성되어 조선시대를 풍미하고 오늘에 이른 세계 유일의, 한국의 정형시입니다. 조선시대의 시조는 '시노래'로서 향유된 음악예술입니다. 이 시조음악이 19세기말부터 쇠퇴의 길을 걷는 듯하였으나, 20세기초 일제강점기에 민족정기를 드높이고 우리문화를 수호하려는 애국심의 발로로 시조부흥운동이 일어났습니다. 시조는 반만년 유구한 역사를 가지는 우리민족의 삶의 이야기를 정감어린 우리말의 자연스러운 흐름에 담아 그 형식과 내용을 잘 갈무리해 온 우리민족만의 시가詩歌(시노래)입니다. 그러기에 민족혼을 일깨우는 데는 시조만한 것이 없다고 생각했던 것입니다. 이 무렵을 전후해서 시조는 노래로 즐기는 '시노래'가 아닌 인쇄매체를 통하여 눈으로 읽고 감상하는 '노래시'가 되었습니다.

옛시조가 노래로 부르는 시조음악(시노래)이었다면, 현대시조는 인쇄매체를 통하여 눈으로 읽고 즐기는 시조문학(노래시)이 된 것입니다. 그 첫 작품이 「혈죽가」입니다. 「혈죽가」는 1905년 일제가 침략야욕을 노골화하고 조선과 강제 체결한 을사늑약에 항거하여 민영환이 자결한 데서 비롯되었습니다. 이 시조에는, 1906년 7월 21일 『대한매일신보』에 대구에 사는 여성(사동우寺洞寓 대구여사大丘女史)이, 충정공 민영환이 자결한 방에서 피 묻은 대나무가 솟았으니 그의 애

국충정과 일제의 부당함을 세계에 널리 알리고 우리민족의 애국심을 일깨우자는 내용을 담았습니다. 우리는 노래하던 시조에서 읽는 시조로 향유방식이 바뀐「혈죽가」를 현대시조의 기점으로 삼았습니다. 이에 따라 우리시대현대시조100인선(태학사)을 발간함과 동시에 현대시조 100주년이 되는 2006년에 7월 21일을 '시조의 날'로 선포하였습니다.

우리는 현대시조 100주년을 맞이하여 황진이, 윤선도, 정철을 비롯한 시조사에 빛나는 모든 시조 선현들께, 조상님들께서 즐기던 '시노래'를 '노래시'로 읽고 즐기게 되었음을 고하는 고유제告由祭를 백담사 만해마을에서 지냈습니다. 시조는 이제 세계인이 배우고, 짓고 낭송하는 시가 되었습니다. 잘 알다시피 2009년 5월, 미국 하버드대학에서 '하버드 만해 시조페스티벌'을 열었습니다. 시조의 역사를 가르치고, 우리말로 시조를 낭송하고 영어로 번역하여 낭송하였으며, 영어시조백일장을 열었습니다. 한국의 시조는 이제 세계인의 시가 되어가고 있습니다. 지금까지 시조 약사略史를 말씀드렸습니다.

시조는 앞서 이야기한 것처럼, 전통시가(시노래) 양식을 계승하고 변용하여 노래시인 오늘의 현대시조로 발전하였습니다. 이제 우리가 잘 아는 바와 같이, 정형시인 시조의 3장 6구 12마디(음보)라는 그 형식성을 구체적인 작품을 통하여 알아봅니다.

① 나뷔야청산(에)가자범나뷔너도가쟈가다가져무러든곳듸드러자고가쟈
곳에셔푸對接ᄒᆞ거 든닙헤셔나ᄌᆞ고가쟈

— 육당본(六堂本)『청구영언(靑丘永言)』계이삭대엽(界二數大葉)

② 나비야 청산(에) 가자 범나비 너도 가자

가다가 저물거든 꽃에 들어 자고 가자

꽃에서 푸대접하거든 잎에서나 자고 가자

— 작자 미상

③

나비야	|	청산(에) 가자	‖	범나비	|	너도 가자	… 초장
제1음보		제2음보		제3음보		제4음보	
平음보		평음보		평음보		평음보	
	제1구				제2구		
가다가	|	저물거든	‖	꽃에 들어	|	자고 가자	… 중장
제5음보		제6음보		제7음보		제8음보	
평음보		평음보		평음보		평음보	
	제3구				제4구		
꽃에서	|	푸대접하거든	‖	잎에서나	|	자고 가자	… 종장
제9음보		제10음보		제11음보		제12음보	
소음보		과음보		평음보		평음보	
	제5구				제6구		

3장 6구 12음보(마디)

초장	4	4	‖	4	4 … 앞구와 뒷구의 '균형'의 미학
중장	4	4	‖	4	4 … 앞장의 '반복'의 미학
종장	3	4+4	‖	4	4 … 앞구에 변화를 주는'전환'의 미학

3장으로 시상을 완결하는'절제'의 미학과 4음 4보격에 의한'유장'의 미학

※ 표에서 4는 음절수가 아니라 음량의 크기(mora수)임

인용한 옛시조 ①은 육당 최남선이 소장했던 『청구영언青丘永言』(18C)에 수록된 작품입니다. 998수가 실린 이 가집歌集(노래책)에는 시노래의 노랫말이 내리박이줄글식으로 표기되어 있습니다. 옛날 책들은 오른쪽에서부터 왼쪽으로 써나가되 위에서 아래로 죽 이어서 써 내려갔습니다. ②는 ①을 오늘날의 노래시인 현대시조, 3장 표현형식에 맞게 3행으로 썼습니다. 이 노래는 나비도 범나비도 차별하지 않고, 꽃도 잎도 차별하지 않으면서 청산이라는 소우주에서 사람과 자연이 화합하여 살자는 의미가 들어 있습니다. ③은 이 옛시조를 시조의 형식원리에 맞게 도식화한 것입니다. 제시한 바와 같이, 시조는 〈초장+중장+종장〉으로 된 3장시三章詩입니다. 각 장은 4개의 마디(음보音步)로 이루어지는데 이 작은 마디 두 개가 모이면 하나의 구句가 됩니다. 합하여 3장 6구 12마디가 됩니다. 초장과 중장은 이 네 개의 마디가 반복되는 형식입니다.

종장은 초장·중장의 형식과 의미내용을 전환시키는 '변형 4보격'이라는 시조만의 특별한 율격 장치를 가지고 있습니다. 네 마디는 네 마디이되 첫째 마디는 반드시 3음절이어야 하고 둘째 마디는 두 개의 마디를 합한 것만큼의 음량을 가져야 합니다. 이것을 음보율에 따라 이야기하면 종장은 〈소음보 + 과음보 + 평음보 + 평음보〉의 형식입니다. 이 평음보 한 마디의 음량은 4mora인데 1모라는 1음절 정도의 음량입니다. 그러니까 종장은 〈3음절 + 5~8모라 + 4모라 + 4모라〉가 됩니다. 평음보인 4모라보다 음량이 넘치면 과음보이고 모자라면 소음보가 됩니다. 종장의 구조는 말수를 한껏 작게 응축했다가(소음보) 한껏 크게 늘리고(과음보) 나서 다시 안정된 분위기(평음보)로 가면서 완결시킵니다. 여기서 중요한 것은 이 모라수를 채우는 것이 음절만이 아니라 장음長音이나 정음停音이라는 율격자질도 포함한다는 것입니다. 장음은 1음절만큼 음을 길게 발음

하고, 정음은 1음절만큼의 묵음 상태입니다. 우리말은 몸말에 꼬리말이 붙어서 활용하는 첨가어(교착어)이고, 이 언어학적 구조에 따라 우리 시가는 자연스럽게 음량이 조절되는 음량률이라는 율격체계를 가집니다(우리 시가의 율격체계는 율격 형성의 기저자질로 음절, 장음, 정음이 관여하는 '음지속량'의 등가성에 의한 4모라의 반복적 규칙화로 볼 수 있어 음보율이 아닌 음량률에 해당합니다. 음보는 반복의 최소 '단위'로 작용할 뿐이지 그 자체가 율격 형성의 기저자질이 될 수 없기 때문입니다.) 그래서 예시한 것처럼 작품마다 음절수가 조금씩 다를 수밖에 없습니다. 그런데 예시에서 보듯이, 종장의 첫 마디만은 반드시 3음절을 지킴으로 해서 시조는 음수율과 음량률을 동시에 지니는 세계 유일의 정형시 양식이라 할 수 있습니다. 이런 율격체계는 정형시인 시조가 판에 박힌 듯한 도식성을 벗어나 개별 작품마다 자연스런 리듬을 타는 '자율적 정형시'이게 합니다.

③의 제2음보는 가집에 따라 "청산 가자"로 4음절의 평음보로 되어 있는 것도 있습니다. 육당본『청구영언』에는 "청산에 가자"로 5음절인데 이 경우는 1음절만큼 음량이 늘었으나 이는 우리말의 자연스런 흐름을 따른 것입니다. 우리말의 자연스런 호흡단위로 보면 1마디의 음량은 2~5음절이 됩니다. 1음절 정도 음량이 넘쳐 5음절이 되는 것은 파격으로 보지 않고 평음보로 봅니다. 그러나 6음절 이상 8음절이나 9음절 정도로 음량이 넘쳐 과음보가 되면, 그것은 2마디로 율격상 분할됩니다.

제9음보와 제10음보는 종장의 첫째 마디와 둘째 마디에 해당하는데 3음절("꽃에서": 소음보)과 6음절("푸대접+하거든": 과음보)로 시조의 리듬을 잘 타고 있습니다. 2음보에 해당하는 음량이 종장 둘째 마디에 담긴 것입니다.

④ 어져내일이야그릴줄을모로ᄃᆞ냐이시라ᄒᆞ더면가랴마ᄂᆞᆫ제구ᄐᆡ야보내
고그리ᄂᆞᆫ情은나도몰 라ᄒᆞ노라

— 진본(珍本)『청구영언(靑丘永言)』 초삭대엽(初數大葉) 진이(眞伊)

⑤ 어져 내 일이야 그릴 줄을 모르더냐
이시라 하더면 가랴마는 제 구테여
보내고 그리는 정은 나도 몰라 하노라

⑥ 어—져— | 내 일이야 ‖ 그릴 줄을 | 모르더냐
이시랴— | 하더면∨ ‖ 가랴마는 | 제 구테여
보내고 | 그리는 정은 ‖ 나도 몰라 | 하노라∨

④는 우리가 잘 아는 황진이의 시조입니다. 김천택이 1728년에 엮은 진본『청구영언』에는 580수의 시조가 실려 있는데 그중에 초삭대엽이라는 악곡으로 유일하게 실려 있는 작품입니다. 이 곡조를 당시에 가장 뛰어난 기녀인 황진이만이 잘 부를 수 있었기 때문에 유일하게 전해진 것으로 보입니다. 당시의 기녀들은 사대부들과 교유할 수 있을 정도로 학문과 기예가 뛰어난 사람들이었습니다. 이 노래는 황진이가 기적妓籍에 오르기 전에 이웃집 총각이 진이를 짝사랑하다 상사병으로 죽었다는 데서 비롯되었습니다. 총각의 운구가 진이 집 앞을 지날 때 말이 꼼짝을 하지 않았습니다. 진이가 나와 꽃신과 속적삼을 올려놓아주자 그때서야 말이 터벅터벅 지나갔답니다. 그래서 진이가 이 노래를 부르게 되었다는 슬프고 아름다운 이야기가 있습니다. ⑤는 같은 내용을 편의상 3행의 시조로 표현한 것입니다.

⑥에서 초장의 첫마디 즉, 제1음보는 "어져"로 2음절로 되어 있

습니다. 그러나 제1음보 역시 4모라에 해당하여 음절 2개를 제외한 나머지 2모라에 해당하는 음량은 2개의 장음이 채웁니다("어-져-"). 시조에서 가장 중요한 것은 3장 의식과 6구 분절의식과 12마디로 이루어지는 말의 단위입니다. 각 장은 자연스런 네 마디(네 걸음 : 음보)로 이루어진다는 점입니다. 물론 종장의 첫마디 3음절과 둘째 마디의 5~8음절이라는 변형율격에 의미내용을 잘 담아내야 시조의 맛을 제대로 살릴 수 있습니다.

한때 세상은
날 위해 도는 줄 알았지

날 위해 돌돌 감아 오르는 줄 알았지

들길에
쪼그려 앉은 분홍치마 계집애

— 홍성란, 「애기메꽃」 전문

잔잔한 냉이 꽃이
풀밭 위에 아름다운 건

바람 가는 대로 흔들렸다, 흔들려서가 아니다

날 따라
냉이 꽃무리도 흔들리기 때문이다

— 홍성란, 「잔잔한 눈길」 전문

초장	4	4	‖	4	4 … 앞구와 뒷구의 '균형'의 미학
중장	4	4	‖	4	4 … 앞장의 '반복'의 미학
종장	3	4+4	‖	4	4 … 앞구에 변화를 주는'전환'의 미학

3장으로 시상을 완결하는'절제'의 미학과 4음 4보격에 의한'유장'의 미학
※ 표에서 4는 음절수가 아니라 음량의 크기(mora수)임

시조는 아무리 복잡다단한 생각이나 감정의 덩어리를 표현한다 하더라도 이처럼 극히 짧은 3장으로 전체 시상을 압축하여 완결하는 고도의 서술 억제에 의한 절제의 미학을 핵심으로 한다. 거기다 각 장은 4모라의 음지속량을 갖는 등가적 음보를 4개의 음보에 실어 규칙적으로 반복하는(이를 4음 4보격이라 함) 정형률을 가지되, 초장의 4음 4보격을 중장에서 완전 동일하게 되풀이함으로써 반복의 미학을 구현하도록 함과 동시에 앞 장과의 서술의 연속성을 갖도록 뒷받침해준다. 그리고 앞의 두 음보(앞구 혹은 안쪽구라 함)와 뒤의 두 음보(뒷구 혹은 바깥구라 함)를 2음보 : 2음보로 대등한 평형을 이루도록 하여 크기와 질에서 완전히 같은 비중을 갖게 함으로써 감정을 가지런히 정돈하고 어느 한 쪽으로 치우치지 않는 균형의 미학을 구현하도록 한다. 또한 각 장은 앞구 다음에 중간휴지가 오고 뒷구 다음에 행말휴지가 옴으로써 2음보격 두 개가 서로 호응하면서 결합된, 길고 유연한 유장의 미학을 갖도록 한다.

그리고 시상을 마무리 하는 종장에서는 앞장의 운율을 그대로 반복하지 않고 운율에 변화를 주어(4음 4보격이 아닌 변형 4보격으로) 전환의 미학을 실현하도록 한다. 그 방법은 종장의 첫 마디를 음량률의 규율에서 벗어나 반드시 3음절로 고정하여 자수율을 따르는 운율적 전환을 보이고, 둘째 마디에서는 2음보의 결합 형태를 띠는 과음보로 실현함으로써 초-중장의 등가적 반복에 이어 종장으로까지 연속하려는 운율적 관습을 일거에 차단해버림으로써 시상의 마무리가

가능하도록 하는 완결의 미학을 아울러 구현한다. 따라서 시조 형식에 운용되는 운율상의 규칙성은 종장의 첫음보에만 '글자수의 정형성'이 적용되고, 나머지 모든 음보는 '음보 크기(음지속량)의 정형성'이 적용됨을 유념해야 할 것이다. 그리고 종장의 둘째 음보만은 심층에 두 개의 음보가 결합된 형태를 띠므로 글자 수는 최소 5음절에서 8음절까지 올 수 있는 과음보로 실현되며 그것을 넘어서면 '파격'이라 할 수 있다. 그리고 나머지 모든 음보는 4모라로 실현되는 것이 표준이지만 5모라(5음절 크기)까지는 정격으로 간주할 수 있다. 우리 국어의 적절한 발화 범위로서 음보의 양식화 범위는 2모라에서 5모라까지 한정되어 수행되므로 한 음보를 형성하는 음절량의 범위는 5음까지로 보면 된다. 따라서 시조의 일반 음보인 4음격에서 1음이나 혹은 6음에서 9음까지는 한 음보를 구성하기에는 너무 큰 무리가 오므로 파격으로 보아야 한다.

김학성, 「시조 형식의 절주와 종장 운용의 방향」,
2011년 시조학술세미나 기조강연 원고 중에서

7

시인과 함께,
시와 함께 놀자

7. 시인과 함께, 시와 함께 놀자

공부하느라 힘들고 시간도 없을 텐데, 이렇게 시낭송 축제를 마련한 학생 여러분, 선생님 여러분, 반갑고 고맙습니다. 여러분은 모두 스마트폰을 가지고 있지요? 어?! 안 가지고 온 학생은 없지요? 스마트폰을 집에 놓고 나오면 불안합니다. 많은 것을 한꺼번에 해줄 수 있는(멀티-태스킹 multi-tasking) 스마트폰이 없어서 불안한 심리현상을 노모포비아 no mobile-phone phobia라고 합니다. 이런 신조어까지 생길 정도로 디지털시대의 속도와 정보는 우리를 억압하고 부담감을 주고 있습니다. 급기야 이 디지털 과잉에서 벗어나기 위한 필터링, '디지털 단식'이 필요한 시대가 되었습니다. 우리는 디지털테크놀로지가 가져온 장황하고 현란한 문화향수자에서 문화비판자로 돌아선 것입니다.

빠름 빠름을 외치는 세상에서 지칠 대로 지친 우리는 이제 영화 게임 TV에서 얻을 수 없는 인간의 내적이고 정신적인 세계를 지향하게 되었습니다. 그런 영향인지 템플스테이라는 불교의 명상프로그램도 인기를 누리고 있습니다. 쉬고 싶은 것입니다. 가상세계와 선정성, 피로와 불안에서 벗어나 숭고와 진실, 진정성을 갈망하게 되었습니다. 디지털 단식으로 나를 고독하게 하라, 사유하게 하라! 그런데 고독하게 사유하는 가운데 시가 있습니다. 시는 외로워야 쓸 수 있고 깊이 생각해야 쓸 수 있습니다.

시는 천천히 쉬어가는 느림의 미학, 느릿느릿 쉬어가는 휴식처입니다. 저마다 바쁜 세상에서, 지치고 상처받은 마음은 시가 주는 공감과 감동에서 위안을 얻을 수 있습니다. 시를 읽으며 나만 아픈 것이 아니라는 것을 알게 되고 거기서 안도와 위안을 얻게 되는 것입니다. 시를 쓰는 마음은 힘없고 보잘것없는 작은 것들을 불쌍히 여기는 마음, 사랑하는 마음입니다.

공자님은 우리가 "무엇을 아는 것은 그것을 좋아하는 것만 못하고, 그것을 좋아하는 것은 그것을 즐기는 것만 못하다(知之者不如好之者 好之者不如樂之者)"고 했습니다. 시를 읽고 감동하여 좋아하게 되면, 자연스럽게 시를 즐겨 쓸 수 있습니다. 여러분도 시인입니다. 사람과 사람 사이, 우리 사회 현실과 세상을 바라보며 생기는 여러분의 기쁘고 슬픈 마음, 가여워하는 마음, 미워하고 원망하는 마음, 놀라 흔들리는 내 마음을 차분하게 글로 써 내려가면 그것이 시입니다. 여러분도 시인입니다. 시는 내가 살아가는 이야기입니다. 내 이야기이되 남의 이야기도 될 수 있는 이야기입니다. 이 말은 남도 알아들을 수 있게 써야 한다는 것입니다. 그러니 시는 어렵고 멀고 높은 데 있지 않습니다. 무언가 내 마음에 콕, 집히는 게 있으면 그것을 오래 오래 생각하고 가까이 다가가서 보고 한 발 물러나서 보고, 위에서 내려다보고 아래서 올려다보고 옆에서 바라보아야 합니다. 그래야 시가 제대로 내 안에 들어오게 됩니다. 그런데 선물처럼 섬광처럼 시가 번쩍, 하고 솟구치는 때도 있습니다("지상에서 맺지 못한 너와 나 만나서/ 푸른 깃 부딪치며 서러운 밤 포효할 때/ 불씨들 기립한 천지 찬미하라 이 절정" —「낙뢰」). 시를 잘 쓰려고 멋진 말, 유식해 보이는 말을 부러 찾아 쓸 필요가 없습니다. 꾸미지 않아야 진솔한 마음이 드러나게 됩니다. 백문이불여일견百聞而不如一見이라, 말로 다 설명하기 보다는 좋은 작품을 감상하면서 시와 가까이 만나 봅니다.

먼저 초등학교 4학년 어린이의 시를 감상합시다.

나는 남들과는 달라요.
'나'는 원래 다 다르고 특별하니까요.

'나'는 색깔이 변해요.
어쩔 땐 노랑 어쩔 땐 빨강
하지만 똑같은 나는 없습니다.

나의 '나'는
용기가 있을 때도, 없을 때도
또 좋아하는 것도, 싫어하는 것도 있어요.
참 변덕스러워요.

용기가 없을 때
'나'는 마음을 그대로 나타내지 않고, 급해지고 화내지만
용기가 있으면 뭐든 해주고 싶고
내가 뭐든 다 잘 할 수 있을 것 같고 자신감이 생겨요.

이 모든 것도 '나'에서 나왔고

'나'랍니다.

— 양아린(초등학교 4학년)

'나'라는 몸과 마음을 지배하는 또 다른 '나'가 있다는 사실에 눈뜬 이 어린이의 시는 놀랍습니다. 우리도 아는 이야기이고 또 한 번쯤 생각해 본 이야기일 수 있습니다. 생각은 했으나 시로 써 본적은

없는 것 같습니다. 그런데 초등학교 4학년 어린이가 이런 생각을 했고, 또 이 생각을 시라는 형식으로 썼다는 점이 놀랍습니다. 차분하고 성실하고 착한 어린이일 것 같은데, 무엇보다 이 어린이의 솔직담백함과 진정성이 이 시를 시가 되게 했습니다.

이 세상을 사는 이유가
무엇인지 모르는 건

지키려는 무언가가
없기 때문이라는 말

어미는 이해하지 못했단다.
널 만나기 전까지는.

— 양진우, 「아들에게 - 어머니의 일기」

성균관대학교 법학과 졸업생의 이 작품에서 우리는 시인 줄도 모르고 시를 말하고, 시를 써왔다는 사실을 알 수 있습니다. 아들을 낳고 아들을 지켜야 하기에, 이제 세상사는 이유가 생겼다는 어머니의 고백을 보면 누구나 뭉클한 감동을 받게 될 것입니다. 사랑한다는 말 한마디 없이 어머니의 아들에 대한 지극한 사랑이 담긴 이 시는 독자의 모정과 효심을 건드리고 있습니다.

아버지 죽은 그 다음날
노을이 유쾌했다

부양할 입이 줄어,

이젠 내가 장長이라

기뻐서
신명나게 춤출까,
생각하다

울었다.

— 서덕, 「그 다음날」

성균관대 러시아어문학과 졸업생의 『유심』 등단작 가운데 한 편입니다. 행간에서 시인이 말하지 않은 사연을 우리는 가슴 저리게 느낄 수 있습니다. 아버지가 돌아가신 뒤 그 슬픔과 회한, 이 비애의 정서가 독자에게 일으키는 반향은 적지 않을 것입니다.

너는 예쁜 칼이야
칼집 없는 칼이야

붙잡으려 할수록
내 살갗을 붉게 베는

그래도 놓을 수 없는
너무 예쁜 칼이야

— 차재우, 「너」

이 법대생의 고민은 취업인 줄 알았는데, 연애였습니다. 상대는 성깔 있는 여학생. 하지만 예쁜 걸 어쩌나. 베여도 좋으니 그녀의 손을 잡고 싶은 것입니다. 시인은 이 간절한 연정이 이루어지길 바라며 쓰고 독자도 이 깜찍한 사랑이 이루어지길 바랄 것입니다. 마치 제 이야기인 양. 가벼운 듯 매운 시조입니다.

방금 '시조'라는 말을 처음 썼습니다. 지금까지 감상한 성균관대 졸업생들의 시는 시조입니다. 이제 고시조 한 편을 감상합니다.

> 나비야 청산 가자 범나비 너도 가자
>
> 가다가 저물거든 꽃에서나 자고 가자
>
> **꽃에서** 푸대접하거든 잎에서나 자고 가자

— 작자미상 고시조

초장	나비야	청산(에) 가자	범나비	너도 가자
	제1음보	제2음보	제3음보	제4음보
	평음보	평음보	평음보	평음보
	제1구		제2구	
중장	가다가	저물거든	꽃에 들어	자고 가자
	제5음보	제6음보	제7음보	제8음보
	평음보	평음보	평음보	평음보
	제3구		제4구	
종장	꽃에서	푸대접하거든	잎에서나	자고 가자
	제9음보	제10음보	제11음보	제12음보
	소음보	과음보	평음보	평음보
	제5구		제6구	

3장 6구 12음보

이 작품은 널리 알려진 조선시대의 '노래로 불리던 시조'입니다. 시조는 3장 6구 12음보(마디)라는 형식(율격·가락·리듬)을 가지고 있습니다. 이 시의 각 행은 시조의 초장 중장 종장입니다. 시조는 우리가 자연스럽게 일상 하는 말대로(일상담화방식) 쓰는 것입니다. 다만 종장의 첫마디만은 3음절을 꼭 쓰고, 둘째 마디는 5~8글자 정도로 늘어나는 특별한 규칙이 있습니다. 그 외는 모두 그냥 자연스러운 말을 네 마디로 따라 적으면 됩니다. 그래서 한국의 정형시 시조는 작품마다 글자 수는 다 다른 '자율적 정형시'입니다(음량률). 이 고시조에서 가인은 나비도 범나비도 불러 함께 청산에 가자합니다. 가다가 저물거든 꽃에서 자고 가자합니다. 꽃에서 푸대접하거든 잎에서 자고 가자합니다. 누구도 차별하지 않고 함께 어우러져 조화로운 대화엄의 세계를 이루자고 노래합니다.

이제 '지금, 여기'서 우리가 쓰고 있는 현대시조를 감상합니다. 현대시조는 3장을 3행으로 쓰기도 하고, 장을 나누어 행을 바꾸어 쓰기도 합니다. 또 연을 나누어 쓰기도 하는데 연 나누기는 장 단위로 합니다. 홍성란의 시조 몇 편을 감상하면서 자연스럽게 시조 형식을 알아봅니다.

잔잔한 냉이 꽃이
풀밭 위에 아름다운 건

바람 가는 대로 흔들렸다, 흔들려서가 아니다

날 따라
냉이 꽃무리도 흔들리기 때문이다

—「잔잔한 눈길」

갠 하늘 그는 가고

새파랗게 떠나버리고

깃 떨군 가슴에 입술 깨무는 산철쭉

아파도

아프다 해도

빈 둥지만 하겠니

—「그 새」(『중학교 국어 2』, 지학사, 2012)

문득 미운 걸 보면 아직 널 사랑하나 봐

잊었다 해놓고선 또 문득 미운 걸 보면

잊었다, 다 잊었다는 내 거짓말을

나만

몰랐네

—「나만」

다 사랑할 거야

다 사랑해 줄 거야

자꾸 결심하는 너는 오늘 괴로웠구나

가슴에 가시 박힌다 해도

널 포옹해 줄 거야

—「고슴도치」

여러분의 스마트폰 메모장엔 무엇이 들어 있을까. 여러분도 시인입니다. 섬광처럼 스치는 멋진 말이 떠오르면 즉시 메모합시다. 눈으로 읽고 마음으로 읽고 소리 내어 읽는 사이 시조가 따라올 것입니다. 이 시조의 리듬이 여러분의 마음을 차분히 가라앉히고 보드랍게 감싸주는 휴식처가 될 것입니다. 시조야 놀자! 하면, 시조가 여러분과 즐겁게 놀아줄 것입니다.

8

시조,
치유와 감동의 시학

8. 시조, 치유와 감동의 시학

가. 절제와 암시, 치유

송림에 눈이 오니 가지마다 꽃이로다
한 가지 꺾어 내어 임 계신 데 보내고저
임께서 보오신 후에 녹아진들 어떠리

소나무 숲에 눈은 내려, 솔가지 솔잎에 다보록이 앉은 눈이 어찌 꽃송이 아닐까. 그 솔가지 하나 꺾어, 임 계신 데 보내고 싶은 마음은 얼마나 아리따운가. 그 임이 그 꽃송이 보시온 뒤에 눈꽃이 녹으면 어떨까 하는 마음은 또 얼마나 멋들어진가. 이것이 시조다. 선조들이 시노래로 향유하여 우리에게 남겨준 경험적 미의식의 결정체.

두루 알다시피, 최동호 교수는 트위터시대의 '장황하고 난삽한 요령부득의 시, 대중과의 소통을 거부하는 시가 문제'라 지적하고 '극소지향의 극서정시가 그것을 벗어나는 대안'임을 주창하여 시단의 화두가 되었다. '단시가 생명력을 얻으려면 하이쿠나 시조 같은 정제된 양식으로의 규칙성을 확보해야 한다'며 단시조와 같은 간결한 시조 양식을 부각시켰다.

단시조. 군말 다 덜고 받들어 올린 마흔다섯 글자 안팎의 시어가

빚은 언어예술. 3장 6구 12음보라는 형식규범(율격)을 지키는 시 양식. 시조의 특장은 시인이 버리고 덜어내고 압축하여 말하지 않음으로써 행간에 숨긴 말을 독자가 느껴 알 수 있게 하는 암시와 여백의 시학에 있다. 시조가 단아한 소통양식으로 각광받기 시작한 건 이 절제에서 오는 암시와 여백의 시학 덕택이다. 역설적으로 트위터시대는 장황 난삽을 벗어난 순간의 솔직하고 극명한 서정시를 요구하는 것이다. 김학성 교수의 말대로 시조 3장은 우리 시가가 수천 년 동안 공감해온 미적 양식으로 완전한 것을 의미하는 율려의 수다. 자유시의 방만한 병적 파토스를 율려, 즉 시조의 단정하고 균형 잡힌 에토스로 치유할 수 있다는 것이다.

단정하고 가지런한 미의식의 결정체, 좋은 시조에는 내면 고백이 들어 있다. 시인이 쏟아 놓은 이야기에서 자신의 이야기를 듣고, 나와 똑같은 고민과 상처를 보며 위안을 얻고 안도한다. 진정어린 고백이 독자에게 건너가는 것이다. 여기서 독자는 공감 공명하며 치유의 터널을 시인과 함께 지나게 된다. 시조에 대한 이해가 전무하다시피 한 성균관대 '문예창작의이해' 수강 학생들이 한두 달 만에 내놓은 시조를 소개한다.

이 세상을 사는 이유가/ 무엇인지 모르는 건

지키려는 무언가가/ 없기 때문이라는 말

어미는 이해하지 못했단다/ 널 만나기 전까지는

— 양진우, 「아들에게 - 어머니의 일기」 전문

어머니 일기를 우연히 본 법대생 아들의 눈물 나는 감동의 순간을 느낄 수 있다. 아들을 낳고 아들을 지켜야 하기에, 세상사는 이유가 생겼다는 어머니의 고백을 보면 누구나 뭉클한 감동을 받게 될 것이다. 사랑한다는 말 한 마디 없이 아들에 대한 지극한 사랑이 우리 마음에 건너오지 않는가.

시조학습 한 달 만에 토씨 하나 건드릴 것 없이 완결된 시조를 보여줄 수 있는 건 무엇을 뜻하는가. 시조의 형식은 바로, 이 땅의 민족공동체가 가꾸어온 한국어 미학의 결정체라는 것. 그러기에 서정주가 자유시로 쓴 「문둥이」가 완결된 단시조 형식을 보여주고 있고, 평소에 시조를 쓰지 않던 미당이 1970년 6월 『현대시조』 창간 당시 청탁을 받고 「비는 마음」을 미당 특유의 말맛과 기교를 한껏 살린 2수의 연시조로 권두 축시를 쓸 수 있었던 것이다.

> 첫날부터 바리톤이었다, 목청이 좋았다
>
> 낮고 굵은 성량으로/ 곳간 가득 들어찼다
>
> 약골의/ 겨울 들녘도/ 뱃심 좋게 우거졌다
>
> — 박명숙, 「첫눈」 전문

오현명의 그 중후한 저음처럼 가만가만 첫눈은 오나보다. 눈은 오고 무진무진 내려쌓여 이 나라 산하 곳간 가득 들어차 약골의 검불덤불 위에 우거질 대로 우거졌나보다. 허물 덮어주듯이 낮고 굵은 노래가 뱃심 좋게 덮어주는 산하. 이만하면 첫눈의 은유로서는 백미 아닌가. 이것이 단시조가 보여주는 절정의 미학이다. 당신은 마음만 먹으면 시조를 알 수 있고, 좋아하게 되고, 즐길 수 있는 행복한 사람이다. 시조의 나라, 한국인이다.

나. 시조, 마흔다섯 글자의 우주

당신도 한 때 시를 외고 낭송할 수 있던 시절이 있었다. 김소월의 「진달래꽃」, 윤동주의 「서시」, 김영랑의 「모란이 피기까지는」, 박목월의 「나그네」, 서정주의 「국화 옆에서」…. 당신처럼 나도 욀 수 있었다.

문득, 하나의 상징이 된 루카치의 『소설의 이론』 첫머리가 생각난다. "별이 빛나는 창공을 보고, 갈 수가 있고 또 가야만 하는 길의 지도를 읽을 수 있던 시대는 얼마나 행복했던가? 그리고 별빛이 그 길을 훤히 밝혀 주던 시대는 얼마나 행복했던가?" 알다시피, 우리는 아날로그에서 디지털 시대로 전환하면서 얻은 것만큼 잃어야 했다. 현란한 문화폭주 현상이 시인에게 가한 폭력으로, 시는 난삽하고 난해하고 장황한 소통불능의 암호가 되었다. 이렇게 말하면 시인에게는 위안이 될까. 그러나 독자에게는 결코 위안이 될 수 없다.

장황하고 난삽하고 난해해서 알아들을 수 없는 시에 독자는 귀 기울이지 않는다. 우리가 학창시절 외고 낭송하던 시는 쉬운 말이되 가락을 타서 자연스럽고, 길지 않아 외기 쉬웠다. 지금 시단의 화두는 극서정시極抒情詩다. 말 그대로 극도로 정제된 서정시, 짧고 극명한 시다. 이 짧고 극명한 시가 우리민족이 천년을 가꾸어 온 시조 아닌가.

① 나비야 청산 가자 범나비 너도 가자
가다가 저물거든 꽃에서나 자고 가자
꽃에서 푸대접하거든 잎에서나 자고 가자

— 작자미상

② 해와 하늘빛이/ 문둥이는 서러워//
보리밭에 달 뜨면/ 애기 하나 먹고//
꽃처럼 붉은 우름을 밤새 우렀다.

— 서정주, 「문둥이」

③ 사랑도 사랑 나름이지/ 정녕 사랑을 한다면//
연연한 여울목에/ 돌다리 하나는 놓아야///
그 물론 만나는 거리도/ 이승 저승쯤 되어야

— 조오현, 「사랑의 거리」

①은 널리 알려진 조선시대의 노래로 불리던 시조다. 각 행은 시조의 초장, 중장, 종장이다. 가인은 나비도 범나비도 불러 함께 청산에 가자한다. 가다가 저물거든 꽃에서 자고 가자한다. 꽃에서 푸대접하거든 잎에서 자고 가자한다. 누구도 차별하지 않고 함께 어우러져 조화로운 대화엄의 세계를 이루자 노래한다. ②는 서정주의 자유시다. 시조를 의식하지 않고 자연스럽게 시어를 구사했으나 이 작품을 분석하면 시조 3장의 율격에 꼭 맞는다. 이는 한국인의 심층의식에 시조의 가락(율격)이 면면히 흐르고 있음을 뜻한다. ③은 현대시조다. 창으로 부르던 시조가 아니라 읽고 감상하는 우리시대의 정형시를 말한다. 이 시조는 사랑을 연연하고 은근한 기다림의 미학에서 찾고 있다. 양은냄비같이 파르르 끓어오르다 금세 식어버리는 현대인의 사랑법과는 거리가 있어 오래 생각하며 음미하게 한다. 말이 많으면 쓸 말이 없다. 시조 3장은 마흔다섯 글자 안팎의 우주다.

다. 시조, 공감과 감동

군말 다 덜고 받들어 올린 마흔다섯 글자 안팎의 시어가 빚은 언어예술. 시조는 시인이 말하지 않음으로써 행간에 숨긴 말을 독자가 느껴 알 수 있게 하는 여백의 시학을 가지고 있다. 현란한 멀티미디어 시대에 천년을 가꾸어 온 시조가 단아한 소통양식으로 각광받기 시작했다. 역설적으로 트위터 시대는 순간의 솔직하고 극명한 서정시를 요구하는 것이다.

좋은 시에는 내면 고백이 들어 있다. 시인이 쏟아 놓은 이야기에서 독자는 자신의 이야기를 듣고, 나와 똑같은 고민과 상처를 보며 위안을 얻고 안도한다. 시인의 고백이 독자에게 건너가는 것이다. 이것이 공감과 감동의 치유다. 인용한 시조에서 빗금 하나(/)는 행 구분을, 빗금 두 개(//)는 연 나눔을 표시한다.

> 아버지 죽은 그 다음날/ 노을이 유쾌했다
>
> 부양할 입이 줄어,/ 이젠 내가 장長이라
>
> 기뻐서/ 신명나게 춤출까,/ 생각하다// 울었다.
>
> — 서덕, 「그 다음날」

성균관대 러시아어문학과 재학생의 올해 등단작 가운데 한 편이다. 행간에서 시인이 말하지 않은 사연을 우리는 가슴 저리게 느껴 알 수 있다. 부친이 돌아가신 뒤 그 슬픔과 회한을 극명하게 표현했다. 설명은 사족이다. 이 목메는 비애의 정서가 독자에게 일으키는 반향은 적지 않다.

이 세상을 사는 이유가/ 무엇인지 모르는 건

지키려는 무언가가/ 없기 때문이라는 말

어미는 이해하지 못했단다./ 널 만나기 전까지는.

— 양진우, 「아들에게 - 어머니의 일기」

법학과 4학년 학생의 이 작품에서 우리는 시인 줄도 모르고 시를 말하고, 시를 적고 있었다는 사실을 알 수 있다. 아들을 낳고 아들을 지켜야 하기에, 이제 세상사는 이유가 생겼다는 어머니의 고백을 보면 누구나 뭉클한 감동을 받게 될 것이다. 사랑한다는 한 마디 말없이 어머니의 아들에 대한 지극한 사랑을 전함으로써 독자의 모정과 효심을 건드리고 있다.

너는 예쁜 칼이야/ 칼집 없는 칼이야

붙잡으려 할수록/ 내 살갗을 붉게 베는

그래도 놓을 수 없는/ 너무 예쁜 칼이야

— 차재우, 「너」

이 법대생의 고민은 취업인 줄 알았는데, 연애였다. 상대는 성깔 있는 여학생. 하지만 예쁜 걸 어쩌나. 베여도 좋으니 그녀의 손을 잡고 싶은 것이다. 시인은 이 간절한 연정이 이루어지길 바라며 쓰고 독자도 이 깜찍한 사랑이 이루어지길 바란다. 마치 제 이야기인 양. 가벼운 듯 매운 시조다.

라. 시조, 호주머니 속의 시학

당신의 호주머니 속엔 무엇이 들어 있을까. 호주머니 속에 감춰두고 싶은 애인 같은 시. 당신이 눈으로 읽고 마음으로 읽고 소리 내어 읽으며 그냥 좋은 시. 여러 번 읽는 동안 마음에 와 닿아 착 안기는 시. 그런 시로 사랑받고 싶다, 당신에게. (각 행은 시조의 초장, 중장, 종장이며 빗금 하나(/)는 줄바꿈, 빗금 둘(//)은 연 나누기에 해당한다.)

문득 미운 걸 보면 아직 널 사랑하나 봐//
잊었다 해놓고선 또 문득 미운 걸 보면//
잊었다, 다 잊었다는 내 거짓말을/ 나만/ 몰랐네

—「나만」

잔잔한 냉이 꽃이/ 풀밭 위에 아름다운 건//
바람 가는 대로 흔들렸다, 흔들려서가 아니다//
날 따라/ 냉이 꽃무리도 흔들리기 때문이다

—「잔잔한 눈길」

후회로구나/ 그냥 널 보내놓고는/ 후회로구나//
명자꽃 혼자 벙글어/ 촉촉이 젖은 눈//
다시는 오지 않을 밤/ 보내고는/ 후회로구나

—「명자꽃」

한때 세상은/ 날 위해 도는 줄 알았지//
날 위해 돌돌 감아오르는 줄 알았지//

들길에/ 쪼그려 앉은 분홍치마 계집애

―「애기메꽃」

진달래 피었구나/ 너랑 보는 진달래//
몇 번이나 너랑 같이 피는 꽃 보겠느냐//
물떼새/ 발목 적시러 잔물결 밀려온다

―「잔물결」

여기서 저 만치가 인생이다 저 만치,//
비탈 아래 가는 버스/ 멀리 환한/ 복사꽃//
꽃 두고/ 아무렇지 않게 곁에 자는 봉분 하나

―「소풍」

다 사랑할 거야/ 다 사랑해 줄 거야//
자꾸 결심하는 너는 오늘 괴로웠구나//
가슴에 가시 박힌다 해도/ 널 포옹해 줄 거야

―「고슴도치」

당신의 스마트폰 메모장엔 무엇이 들어 있을까. 당신도 시인이다. 섬광처럼 스치는 멋진 말이 떠오르면 즉시 메모하시라. 놓친 고기는 월척. 당신이 놓친 한 구절이 명시인 걸 나는 알고 있다. 눈으로 읽고 마음으로 읽고 소리 내어 읽으며 따라붙는 이 너울너울한 시조의 리듬이 가슴속 깊이 나울치는, 당신도 시인이다.

한국의 좋은 시조

간찰簡札

이근배

먹 냄새 마르지 않는
간찰 한쪽 쓰고 싶다

자획字劃이 틀어지고
글귀마저 어둑해도

속뜻은 뿌리로 뻗어
물소리에 귀를 여는.

책갈피에 좀 먹히다
어느 밝은 눈에 띄어

허튼 붓장난이라
콧바람을 쐴지라도

목숨의 불티같은 것
한자라도 적고 싶다.

1961년 경향신문, 서울신문, 조선일보 신춘문예 당선. 유심작품상 외 수상. 대한민국예술원 회원. 시집『살다가 보면』외 다수.

아득한 성자

조오현

하루라는 오늘
오늘이라는 이 하루에
뜨는 해도 다보고
지는 해도 다 보았다고

더 이상 볼 것 없다고
알 까고 죽은 하루살이 떼

죽을 때가 지났는데도
나는 살아 있지만
그 어느 날 그 하루도 산 것 같지 않고 보면

천년을 산다고 해도
성자는
아득한 하루살이 떼

스님. 신흥사 조실. 1966년 문단에 나왔으며, 정지용문학상 외 수상. 시집『아득한 성자』외 다수.

천일염

윤금초

가 이를까, 이를까 몰라
살도 뼈도 다 삭은 후엔

우리 손깍지 끼었던 그 바닷가
물안개 저리 피어오르는데,

어느 날
절명시 쓰듯
천일염이 될까 몰라

1968년 동아일보 신춘문예 당선. 시집 『질라비훨훨』 외 다수. 한국시조대상 외 수상.

장국밥

민병도

울 어매 뼈가 다 녹은 청도 장날 난전에서
목이 타는 나무처럼 흙비 흠뻑 맞다가
설움을 붉게 우려낸 장국밥을 먹는다

5원짜리 부추 몇 단 3원에도 팔지 못하고
윤사월 뙤약볕에 부추보다 늘쳐져도
하굣길 기다렸다가 둘이서 함께 먹던….

내 미처 그때는 셈하지 못하였지만
한 그릇에 부추가 열 단, 당신은 차마 못 먹고
때늦은 점심을 핑계로 울며 먹던 그 장국밥

1976년 한국일보 신춘문예 당선. 중앙시조대상 외 수상. 시집『장국밥』외 다수.

검劍

정해송

1.
한 시대 협기 서린 수평선을 가늠하며
오랜 해를 담금질로 벼린 끝에 혼이 섰다
서정을 엮은 달빛도 이 날 아랜 갈라진다

2.
머리맡에 걸어 두면 가을물 소리 높다
굽은 목을 치려는 살의에 찬 저 눈빛
깊은 밤 칼을 뽑으면 한 비사가 잠을 깬다

3.
어둠을 겨냥하여 서릿발 한이 울고
당대의 정수리를 내리치는 혼불이여
그 날에 쓰러진 함성이 섬광으로 일어선다

1978년 《현대시학》 신인상 등단. 이호우시조문학상 수상. 시집 『응시』 외 다수.

셔?

오승철

솥뚜껑 손잡이 같네
오름 위에 돋은 무덤
노루귀 너도바람꽃 얼음새꽃 까치무릇
솥뚜껑 여닫는 사이 쇳물 끓는 봄이 오네

그런 봄 그런 오후
바람 안 나면 사람이랴
장다리꽃 담 넘어 수작하는 어느 올레
지나다 바람결에도 슬쩍 한 번
묻는 말
"셔?"

그러네, 제주에선 소리보다 바람이 빨라
"안에 계셔?" 그 말조차 다 흘리고 지워져
마지막 겨우 당도한
고백 같은
그 말
"셔?"

1981년 동아일보 신춘문예 당선. 중앙시조대상 외 수상. 시집 『누구라 종일 홀리나』 외 다수.

정월 인수봉

신필영

1.
온 장안이 눈 속에 들어
눈빛들 형형한 날

너는 결연한 생각
꼬나 잡은 붓끝이다

만인소 산 같은 글을 마무리한 수결이다

2.
갓 떠온 생수보다
더 차가우 새벽빛을

소슬한 이마 위에
명주수건 동여매고

동천을 걷어 제친다, 방짜유기 징을 치며

3.
가파르게 막히곤 하던
역사, 그 이성의 안쪽

지축을 누가 흔드나
명치끝 얼얼하다

아침은 점고를 끝낸 듯 산을 슬쩍 내려서고

1983년 한국일보 신춘문예 당선. 이호우시조문학상 외 수상. 시집『둥근 집』외 다수.

내가 사랑하는 여자 1

이지엽

1. 생강
울퉁불퉁 따뜻하게 몸을 데워주는 여자
매우면서도 향긋하게 실눈으로 웃는 여자
황토색 발을 가진 여자
못 생겨도 정 많은 여자

2. 마늘
내 마음 아린 눈물 짓찧어져 우는 여자
전세대란 쫓겨나서 맵고 섧게 우는 여자
곰 같은, 동백 같은 여자
혀 아리게 눈물 빼는 여자

3. 양파
벗을수록 더 뽀얀 속살로 희게 웃는 여자
비밀의 방 불을 켜서 남자 서넛 가진 여자
잡으면 몸 빼는 여자
때려도 웃는 여자

1982년 《한국문학》 백만원 고료 신인상과 1984년 경향신문 신춘문예 당선으로 등단. 중앙시조대상 외 수상. 시집 『사각형에 대하여』 외 다수.

금강송

정수자

군말이나 수사 따위 버린 지 오래인 듯

뼛속까지 곧게 섰는 서슬 푸른 직립들

하늘의 깊이를 잴 뿐 곁을 두지 않는다

꽃다발 같은 것은 너럭바위나 받는 것

눈꽃 그 가벼움의 무거움을 안 뒤부터

설봉의 흰 이마들과 오직 깊게 마주설 뿐

조락 이후 충천하는 개골皆骨의 결기 같은

팔을 다 잘라낸 후 건져 올린 골법 같은

붉은 저! 금강 직필들! 허공이 움찔 솟는다

1984년 세종대왕숭모제전 전국시조백일장 장원 등단. 중앙시조대상 외 수상. 시집 『탐하다』 외 다수.

외등 아래

정일근

가난한 외등 아래 진눈깨비 날리는 저녁
누군가를 기다리는 사내의 서툰 휘파람
희뿌연 불빛 사이로 사선들이 그어진다
비행기는 결항됐다, 탑승권을 찢으며
끊어진 길 위에서 길 잃어 서성거리며
끝없는 골목을 가진 긴 주소를 생각한다.
그곳엔 눈이 내리고 눈은 내려 쌓이리라
생선 굽는 내음이 저녁 허기 재촉하리라
돌아올 사람을 위해 외등 하난 밝혔으리라
사내는 외등 아래 여전히 혼자 서있다
담배를 입에 물고 성냥불을 켜는 순간
사내가 울고 있는 것을 그만 보고 말았다

1984년《월간문학》신인상, 1986년 서울신문 신춘문예 시조 당선. 한국시조작품상 외 수상. 시조집『만트라, 만트라』외 다수.

죽서루 편지

김민정

연두빛 발을 담근 오십천은 더 푸르고
바위도 앉은 채로 놓여있는 누각에는
한 천 년 받쳐 든 시간 망울망울 부푼다

양지귀 물들이는 산수유 눈을 뜨고
첫마음 못 다한 말 홍매화 열은 기침
파릇한 햇살 속에서 숨바꼭질 한창이다

돌을 찧어 구멍 내며 소원을 빌었다던
옛사람 그 손길이 뜰에 아직 남았는데
절반은 눈물꽃 맺혀 그렁그렁 피어있다

하늘 향해 돛을 단 관동별곡 가사 터엔
송강의 푸른 노래 봄볕 속에 새순 돋고
오십천 아침을 연다 햇살무늬 반짝인다

1985년 《시조문학》 신인상 등단. 열린시학상 외 수상. 시집 『영동선의 긴 봄날』 외 다수.

연필을 깎다

오종문

뚝! 하고 부러지는 것 어찌 너 하나뿐이리
살다 보면 부러질 일 한두 번 아닌 것을
그 뭣도 힘으로 맞서면
부러져 무릎 꿇는다

누군가는 무딘 맘 잘 벼려 결대로 깎아
모두에게 희망 주는 불멸의 시를 쓰고
누구는 칼에 베인 채
큰 적의를 품는다

연필심이 다 닳도록 길 위에 쓴 낱말들
자간에 삶의 쉼표 문장부호 찍어놓고
장자의 내편을 읽는다
내 안을 살피라는

1986년 사화집『지금 그리고 여기』를 통해 작품 활동 시작. 중앙시조대상 수상. 시집『오월은 섹스를 한다』외 다수.

솔개

김연동

성근 그 죽지로는 저 하늘을 날 수 없다
쏟아지는 무수한 별 마디 굵은 바람 앞에
솟구쳐 비상을 꿈꾸는
언제나 허기진 새

이 발톱, 이 부리로 어느 표적 낚아챌까
돌을 쪼고 깃털 뽑는 장엄한 제의祭儀 끝에
파르르 달빛을 터는,
부둥깃 날개를 터는,

점멸하는 시간 앞에 무딤 몸 추스르고
붓촉을 다시 갈고, 꽁지깃 벼린 날은
절정의 피가 돌리라
내 식은 이마에도

1987년 《시조문학》, 《월간문학》 신인상 등단. 중앙시조대상 외 수상. 시집 『점묘하듯, 상감하듯』 외 다수.

완도를 가다

박현덕

주루룩 면발처럼 작달비가 내린다 바람은 날을 세워 빗줄기를 자르고 자하방, 봄을 일으켜 물빛 냄새 맡는다

첫차 타고 눈 감으니 섬들이 꿈틀댄다 잠 덜 깬 바다 속으로 물김 되어 가라앉아 저 너른 새벽 어장에 먹물 풀어 편지 쓴다

사철 내내 요란한 엔진소리 끌고 간 아버지의 낡은 배는 걸쭉한 노래 뽑았다 그 절창 섬을 휘감아 해를 집어 올린다

1987년《시조문학》천료. 중앙시조대상 수상. 시집『1번 국도』외 다수.

고래가 사는 우체통

김광순

바닷가 우체통에 한 마리 고래가 산다
뱃길마다 햇살 부신 지느러미를 깔고
그리움 얼마나 크면 등에 푸른 혹이 날까

오늘도 수평선 너머 귀를 여는 아침이면
돌고래 타고 온 기다림을 걸어 내고
짧은 밤 기척도 없이 기대앉아 읽고 있다

그 파도 사이사이 들려오는 하모니카 소리
어부의 안방처럼 한 폭 바다는 밀려와서
바닷가 빨간 우체통에 꼬리 붉은 고래가 산다

1988년 충청일보 신춘문예 당선. 《시조문학》 천료. 한국시조작품상 수상. 시집 『물총새의 달』.

부안 염전에서

양점숙

품고 버리면 눈물도 환한 꽃으로 이는
갯골의 전설들이 살 속으로 길을 내니
푹 곯은 고무래를 밀던 등은 하얀 소금꽃

짜디짠 그 생계를 펴 올리던 무자위에서
숨을 곳 없는 맨발 너 하나의 그리움으로
해당화 한 등 올리는 물길 따라 가는 4월에

붙은 손금에 매달린 목숨이라 속없으랴
발원의 물목에는 그림자도 목이 길어
몸 비운 아비의 바다 한 움큼 사리로 남고

1989년 이리익산 문예백일장 장원. 시조시학상 외 수상. 시집『아버지의 바다』외 다수.

비, 우체국

하순희

난 한 촉 벌고 있는 소액환 창구에서
얼어 터져 피가 나는 투박한 손을 본다
"이것 좀 대신 써 주소, 글을 쓸 수 없어예."
꼬깃꼬깃 접혀진 세종대왕 얼굴 위로
검게 젖은 빗물이 고랑이 되어 흐른다
"애비는 그냥 저냥 잘 있다. 에미 말 잘 들어라."
갯벌 매립 공사장, 왼종일 등짐을 져 나르다
식은 빵 한 조각 콩나물 국밥 한술 속으로
밤새운 만장의 그리움, 강물로 뒤척인다.
새우잠 자는 부러진 스치로폼 사이에
철 이른 냉이꽃이 하얗게 피고 있다
울커덩 붉어지는 눈시울,
끝나지 않은 삶의 고리

1989년《시조문학》천료. 1990년 경남신문 신춘문예 당선. 1992년 서울신문 신춘문예 당선. 시집『적멸을 꿈꾸며』외 다수.

따뜻한 슬픔

홍성란

너를 사랑하고
사랑하는 법을 배웠다

차마, 사랑은 여윈 네 얼굴 바라보다 일어서는 것 묻고 싶은 맘 접어두는 것 말 못하고 돌아서는 것
하필, 동짓밤 빈 가지 사이 어둠별에서 손톱달에서 가슴 저리게 너를 보는 것
문득, 삿갓등 아래 함박눈 오는 밤 창문 활짝 열고 서서 그립다 네가 그립다 눈에게만 고하는 것
끝내, 사랑한다는 말 따윈 끝끝내 참아내는 것

숫눈길
따뜻한 슬픔이
딛고 오던
그 저녁

1989년 중앙시조백일장 당선. 대한민국문화예술상 문학부분 외 수상. 시집『바람 불어 그리운 날』외 다수.

아버지의 밭

박권숙

그곳은 언제나 초록빛 숲에 닿아 있다
달팽이의 노란 등짐 혹은 작은 자벌레의
투명한 행로만으로 무성한 눈물자국

소리와 빛의 고랑을 고루 헤쳐 보면 안다
흰 두건 쓴 앞산이 쇠호미를 잡으면
텃밭의 깊은 뿌리가 숲 쪽으로 기운다

비 그친 뒤 얘야 보아라 흙은 자꾸 부풀고
부풀다 부풀다 못해 연한 순을 터뜨린다
그곳은 보이지 않는 초록빛 숲에 닿아 있다

1991년 중앙시조백일장 연말장원. 이영도시조문학상 외 수상. 시집『모든 틈은 꽃핀다』외 다수.

초저녁

박명숙

풋잠과 풋잠 사이 핀을 뽑듯, 달이 졌다

치마꼬리 펄럭, 엄마도 지워졌다

지워져, 아무 일 없는 천치 같은 초저녁

1993년 중앙일보 신춘문예 시조, 1999년 문화일보 신춘문예 시 당선. 중앙시조대상 외 수상. 시집『어머니와 어머니가』외 다수.

향낭

김강호

차오른 맑은 향기 쉴 새 없이 퍼내어서
빈자의 주린 가슴 넘치도록 채워 주고
먼 길을 떠나는 성자
온몸이 향낭이었다

지천명 들어서도 콩알만 한 향낭이 없어
한 줌 향기조차 남에게 주지 못한 나는
지천에 흐드러지게 핀 잡초도 못 되었거니

비울 것 다 비워서 더 비울 것 없는 날
오두막에 홀로 앉아 향낭이 되고 싶다
천년쯤 향기가 피고
천년쯤 눈 내리고…

1999년 동아일보 신춘문예 당선. 이호우시조문학상 신인상 수상. 시집『귀가 부끄러운 날』 외 다수.

먹

정용국

그대 몸에 듬뿍 묻어
한 획으로 남고 싶다

사지의 벌판 위를
거침없이 내닫다가

일순에
천지를 가르는
대자보가 되고 싶다

2001년《시조세계》신인상 등단. 가람시조문학상 신인상 외 수상. 시집『명왕성은 있다』 외 다수.

안테나

권영희

창공에 찌 던지는 옥탑 위의 안테나
몰려들던 새떼도 우루루 날아간 뒤
비바람 들이친 세월도 저도 몰래 휘었네

호령도 흐드러져 너른 세상 굽어보며
한 시정 몰아 보낸 아버지 뒷모습처럼
찡하게 가슴 후리는 유물 한 점 서 있다

2007년 《유심》 신인상 등단. 사화집 『뒷발의 힘』 외 다수.

엄마, 나 강아지?

김선화

어린 날 졸졸 따르며
멍멍 짖었었다

감기들면 밤새껏
이마를 덮어주던

울 엄마 손을 핥으며
꼬리를 흔들고 싶다

2006년《유심》신인상 등단. 가람시조문학상 신인상 수상.

좋은 시 창작의 열 가지 노하우

좋은 시 창작의 열 가지 노하우

시를 쓰고, 가르쳐온 지 30년이 되었다. 그동안 수많은 시인들이 배출되었지만 나 자신 스스로 더 치열한 시 정신을 갖기 위해 노력하고 있다. 이 책을 접한 독자들만을 위한 답례를 위해 무엇이 좋을까 싶어 그동안 내가 가르치면서 강조하고 더불어 시를 쓰는데 지침으로 간직한 내용을 과감히 공개하기로 했다.

우리가 시를 처음쓰기 시작할 때는 이렇다 할 창작 교재가 없었다. 모든 것을 몸으로 부딪치며 스스로 깨달아야 했다. 암담했고 답답했다. 좋은 시란 어떤 것인가. 이런 것에 대한 질문을 수없이 했지만 쉽사리 답을 얻을 수가 없었다. 이런 창작에 대한 갈급함과 좋은 시에 대한 갈망을 가지고 후학들에게는 내가 깨달은 바를 알려야겠다는 일념으로 나는 자료를 모았고 그것을 월간 《현대시》에 2년간 연재한 끝에 『현대시 창작강의』를 발간했다. 창작에 대한 이론과 실제를 한 권으로 엮었는데 그런 고민 덕분인지 가장 널리 읽히는 책이 되었다. 그 이후 현대시조에 대한 이론의 틀을 잡고 『현대시조 쓰기』를 집필했고 이를 다시 보완하여 『현대시조 창작강의』를 2014년 봄에 펴냈다. 그러나 이 책들은 둘 다 600여 페이지를 넘나

드는 분량이어서 쉽게 접하기 힘든 면이 없잖아 보다 대중적인 교재의 필요성을 느끼던 중에 이번에 서울시의 지원을 받아 이 교재를 집필하게 되었다.

여기에 최초로 공개하는 "좋은 시 창작의 열 가지 노하우"는 한두 번의 즉흥적인 것으로 정한 것이 아니고 시를 쓰고, 가르쳐온 지 30년의 체험이 그대로 녹아있는 비법인 셈이다. 물론 설명이 따라야 하겠지만 많은 부분은 이 책의 군데군데에서 얘기한 것들이다. 하나하나가 시의 처음이자 끝이다. 문제는 실행이다. 하나씩 마음판에 새겨 정성을 다하고 뜻을 다한다면 어찌 이룰 수 없겠는가.

세상에 시는 많이 있다. 시를 쓰는 시인도 많다. 그러나 좋은 시는 적다. 좋은 시인들도 많지 않다. 이를 익혀 좋은 시를 쓰는 시인들이 많이 나온다면 감출 필요가 어디 있으랴. 다 가져가서 좋은 시를 써주길 바란다.

2014년 4월 첫날 남산을 바라보며
충정로 연구실에서 이지엽 적다

좋은 시 창작의 열 가지 노하우

1. 하루에 한 단어를 옮겨 적어본다

대학 노트에 국어사전의 단어를 하루에 하나 이상 옮겨 적어보자. 뜻풀이는 물론 용례까지 그대로 옮겨 적는다. 사전은 세밀하게 나온 대사전류가 좋다. 인터넷상의 사전을 활용해도 좋다. 띄어쓰기는 국립국어원의 표준국어대사전으로 확인한다. 여기에서 검색이 되는 단어는 한 단어로 등재된 것이므로 반드시 붙여 써야한다. 수시로 업데이트 되므로 컴퓨터 바탕화면에 깔아두고 평소에도 활용하도록 한다. 단어는 자신이 모르는 단어이거나, 살려 쓰면 좋을 단어일수록 좋다. 외울 필요는 전혀 없고 가끔 한 번씩 노트를 읽어보는 것으로 족하다. 간간이 읽어보면 자신도 모르게 이 단어를 활용해서 글을 쓰게 된다. 글쓰기 능력이 자신도 모르게 확실히 달라지는 가장 확실한 방법이다.

2. 일기를 쓰자

하루에 가장 기억나는 일을 한두 가지 적어본다. 아주 필요한 부분만 적게 되고 자기의 생각도 적게 되니 시로 갖출만한 요소를 잘

갖추게 된다. 무엇보다 자신의 감정에 충실할 수 있고 허영 된 마음을 갖지 않으니 과장도 없다. 누구에게 잘 보이기 위해 꾸미지도 않으니 시인의 마음에 가장 가까운 글쓰기가 일기다. 시를 한 번도 안 써본 사람도 일기는 쓴다. 시를 배우러 분에게 물었다. 혹시 시를 써 보았어요? 아니요. 그럼 어떤 글을 써봤어요? 아무 것도 안 써 봤어요. 그럼 일기는 쓸 수 있지요. 예. 그래서 일기쓰기부터 시작했다. 한두 달이 지나자 시를 쓰기 시작했다. 쉽게 포기하지 않을 것 같아 단어 공부를 시키고 숙제 검사를 했다. 이 사람은 시작한 지 이 년 후에 우리나라 최고 관문을 통과해 좋은 시를 쓰는 시인이 되었다. 일기 쓰기부터 시작하자.

3. 좋은 시를 많이 읽자. 좋은 시를 옮겨 써보자

좋은 시를 많이 읽어야 한다. 그리고 가급적이면 하루에 한 번 좋은 시 한 편을 그대로 옮겨 적어 본다. 외우면 좋지만 구태여 그럴 필요는 없다. 하루에 한 편이 힘들면 이삼 일에 한 편도 좋다. 일 년이면 백 편을 적는다. 간혹 다른 사람의 작품을 읽으면 흉내 낼까봐 안 읽는 사람도 있으나 아주 잘못된 생각이다. 많은 시집이 나오지만 좋은 시집은 드물다. 한 시집을 읽어 마음에 드는 시가 다섯 편 이상 나오면 좋은 시집이다. 그러나 시인이 되고자 하는 사람도 시집을 사보는데 인색하다. 내가 낸 책 중에『21세기 한국의 시학』이 있는데 좋은 시집에서 서너 편씩 골라내 해설한 책이다. 학생들이 하도 시집을 안 읽어서 조금이라도 작품을 읽게 하려고 만든 책이다. 좋은 시는 좋은 시를 부른다.

4. 순간적인 생각을 잡아서 메모하자

순간적으로 좋은 생각이라고 판단되면 구애받지 말고 그 순간을 메모하라. 길을 가다가도 공부를 하다가도 밥을 먹다가도 앞뒤 가리지 말고 메모하라. 나중에 적지…하는 순간 다 사라지고 만다. 나중에는 전혀 기억을 하지 못 한다. 시를 쓰려고 책상에 앉는다고 무조건 작품이 창작되는 것은 아니다. 그럴 때 이렇게 메모된 것들을 하나씩 반추해보자. 의외로 쉽게 작품 구성으로 연결되고 감쪽같이 하나의 작품으로 탄생하기도 한다. 바로 연결되지 않는다고 그걸 쉽게 버리지 말자. 어떤 경우는 그렇게 쓰려고 노력해도 안 되던 것이 메모한 지 몇 년이 지난 경우에도 순식간에 좋은 작품이 되는 경우가 있다.

5. 나만의 독특한 이미지 비유 노트를 가지도록 하자

나만의 이미지와 비유를 생각해보자. 시는 관념과의 끊임없는 싸움이다. 그렇기 때문에 어떤 관념 예를 들어 사랑이나 분노를 생각할 때 가장 적절한 이미지와 비유가 무엇인가를 고민해야 한다. 고민하다보면 답은 오기 마련이다. 그것을 메모하는데 이를 이미지 비유 노트로 만들어 축적하면 자신만의 큰 재산이 된다. 시를 쓸 때 이를 가져다 쓰면 훨씬 실감이 있고 좋은 비유적 표현을 쓸 수 있다. 이미지를 생각하고 비유를 연결하기도 하지만 비유 대상을 아무 생각 없이 잡고서 그 사이를 채워보는 방법도 좋다.

6. 멀리 있는 것을 잡아라. 치환보다는 병치다

가까이 있는 것보다는 멀리 가고, 한 번 가는 것보다는 여러 번 가라. 가까운 것으로 비유하면 데드 메타포죽은 은유 dead metaphor다. 창조적 은유를 써라. 멀리 있는 것으로 비유하라. 가까운 치환은유置換隱喩 epiphora보다는 병치은유竝置隱喩 diaphora를 써라. '사랑'을 얘기함에 '무지갯빛'보다는 '검은빛', '안개'보다는 '절벽'이 더 강렬하고 오래 간다. 단순은유처럼 한 번 가는 것보다는 확장은유로 여러 번 가라. 시의 트리플 악셀은 확장은유다. 확장은유는 강렬한 인상을 남긴다. 상징과 아이러니와 역설의 표현도 시도해보고 비정형구성으로 자신을 해체시켜도 보자.

7. 운율을 잘 살려 써라. 4박자의 리듬을 잘 타라

운율을 무시하면 좋은 시를 쓰기 어렵다. 한두 편은 가능할지 모르지만 좋은 시는 언제나 운율이 살아 있다. 한국의 명시를 보라. 다 운율이 살아있다. 사람들이 편하게 느끼기 때문이다. 읽기 힘든 시는 가까이 하기가 어렵다. 한국의 모든 운문 장르에서 운율이 가장 잘 살아있는 장르는 시조다. 그래서 시를 쓰는 사람도 시조를 아는 것이 좋다. 시와 시조는 어느 경지에서는 다 통한다. 시에서 시조로, 시조에서 시로 바꾸는 것은 자유자재로 가능해진다. 중요한 것은 운율을 고려하면 절대로 시가 난삽해지지 않는다. 가장 경제적인 형태를 띠게 된다. 짧은 시! 역시 시의 본질이다.

8. 감동이 있는 시를 써라 묘사와 진술

시적 감동이 있는 시가 감동이 있는 시다. 감동은 현실을 잘 읽고, 잘 판단하고, 솔직해지고, 울림이 있어야한다. 손끝의 기교보다는 깊이 있는 가슴으로 써야한다. 묘사[description]의 산뜻함도 중요하지만 진술[statement]의 깊이로 단점을 보완하면 더 좋은 시가 된다. 시에 있어서 묘사와 진술은 매우 중요한 두 축이고 좋은 시는 이 둘의 절묘한 조화에서 탄생된다. 묘사에 치중한 시는 산뜻해서 보기는 좋지만 깊은 맛이 덜하기 마련이다. 묘사는 언어를 회화적인 방향으로 명료화시킨다. 가시적[可視的], 제시적[提示的], 감각적[感覺的]이다. 그러나 진술은 언어를 사고의 깊이로 체험화시킨다. 사고적[思考的], 고백적[告白的], 해석적[解釋的]이다. 감동이 있는 시는 진술이 잘 배합될 경우에 해당된다. 진술은 많은 경우 생의 경험에서 오지만 독서 등의 간접 경험을 통해서도 얻을 수 있다.

9. 시를 쓰기 위해 노력하라. 시인은 99%의 노력에서 탄생된다. 시인될 자질이 따로 있는 것이 절대 아니다

시인이 되기 위해서는 시에 남다른 재능이 있어야 한다고 생각하기 쉽다. 그러나 재질이 필요한 것이 아니다. 노력이 99%다. 재질이 필요하다고 생각한 당신은 시를 쓰기 위해 어떤 노력을 했는가. 앞서 말한 것들은 다 노력을 해야 가능한 것이다. 하루에 한 단어와 일기와 좋은 시 한 편을 옮겨 써보는 노력. 한 달만 해보라. 달라지는 자신을 발견할 수 있을 것이다. 땅보다 더 정직한 것이 글쓰기고 시쓰기다.

10. 자신감이 무엇보다 중요하다. 자신감을 갖자. 나는 1%내 우수한 사람이다

나 자신을 믿자. 여러분이 이 시를 위한 노하우 열 가지를 보았다면 적어도 시에 관한한 아주 특별한 관심이나 사랑을 갖고 있는 사람이다. 그리고 나도 한 번 시를 써볼까 마음을 조금이라도 가졌다면 여러분은 우리나라 전체 인구 중 1%내에 속하는 우수한 인적 자원이다. 자신에 대해 최면을 걸자. 나는 시인이 될 수 있다. 될 수 있다, 될 수 있다, 시인이다, 이런 생각을 갖자. 그런 마음을 갖는다면 당신은 이미 시인이다.

내가 좋아하는 고시조 30선

내가 좋아하는 고시조 30선

조선시대를 풍미한 시조는 한국어 자산의 보물창고다. 이 유려한 우리말로 이루어진 사대부들의 시조를 가만히 들여다보면 인륜지도 뿐만 아니라 덧없는 인생살이에 대한 고뇌와 멋과 낭만이 익어 출렁거린다.

좋은 노랫말(시조)은 많은 이들의 사랑을 받아 널리 향유되는 가운데 입에서 입으로 전하고, 마침내 기록으로 남겨져 오늘날 우리가 알 수 있게 되었다. 이런 유행가들은 대부분 일상의 쉬운 우리말로 부른 짧은 노래들이다. 짧은 노래이되 어떤 일화가 담겨 있는 경우에는 더 크게 확산되고 따라서 생명력도 더 길어지게 마련이다. 황진이 시조 6수가 대표적인 예이다.

시가 있고 풍류가 있고 홍랑의 순애보적 사랑과 정절이 있던 기녀들은 오늘날 화류계 여성 이미지와는 큰 차이가 있다. 소춘풍 같이 지혜롭게 '말을 알아듣고 말하는 꽃'이라 해서 기생을 해어화解語花라고도 한다. 기생청의 교육을 받은 기녀의 상대는 고관대작 유학자로 가곡, 춤, 서화에 능한 여성교양인이었다. 사대부가의 여성들은 유교적 질서 속에서 머리부터 발끝까지 긴 장옷을 둘러쓰고도 담장밖을 함부로 나다닐 수 없었다. 그러나 기녀들은 남성들과의 교유가 허락된 분방한 삶을 살았다. 기녀시조는 사대부의 유교적 도학적 관념의 세계가 아닌 자신들의 진솔한 삶을 노래하여 지금도 우리의 심금을 울린다. 황진이는 영미 이미지스트의 작품에서도 찾기 어려운 고도의 문학성을 지녀 우리 시문학사상 최대의 시인이라는 평가를 받아온 만큼, 기녀시조는 조선시대 서정시의 백미白眉다.

사대부시조와 기녀시조를 포함한 고시조 30선은 대체로 널리 알려지지 않았으나, 아름답고 재미있는 표현과 의미를 담아 우리 삶의 지침이 될 만한 시편을 골랐다. 이 시조들을 눈으로 읽고 마음으로 읽고 소리 내어 읽게 되면, 율격을 잘 타는 가운데 자연스러운 시조의 리듬을 익힐 수 있다.

내가 좋아하는 고시조 30선의 편집구성에는 심재완 편저 교본 『역대시조전서』(세종문화사, 1972)와 심재완 저서 『시조의 문헌적 연구』(세종문화사, 1972), 박을수 편저 『한국시조대사전』(아세아문화사, 1992), 박을수 저서 『시조시화』(성문각, 1977), 김하명 편주 조선고전문학선집23 『시조선집』(조선문학예술총동맹출판사, 1963), 고려대 민족문화연구원의 『고시조대전』(2012)을 참고했다.

2014년 4월

벚꽃잎 날리는 양재천변 연구실에서

홍성란

간밤에 부던 ᄇᆞᄅᆞᆷ 滿庭桃花 다 지거다
아희ᄂᆞᆫ 뷔를 들고 쓰로려 ᄒᆞᄂᆞᆫ고나
落花ᄂᆞᆫ들 곳지 안니랴 쓰러 무ᄒᆞᆷ ᄒᆞ리요

간밤에 불던 바람 만정도화 다 지것다
아희는 비를 들고 쓸려 하는구나
낙환들 꽃이 아니랴 쓸어 무엇 하리요

감상

간밤에 불던 바람으로 뜰 가득 복사꽃잎이 내려앉았다. 머슴아이는 비를 들고 꽃잎을 쓸어내려는데 노래하는 이는 낙화도 꽃이니 쓸지 않아도 좋겠단다. 상쾌하게 맑은 봄날 아침이다.

『병와가곡집』에 의하면 작자는 선우협鮮于浹 1588~1653이다. 선우협은 심성이기心性理氣를 깊이 연구한 조선 중기의 학자로, 특히 『주역』에 통달하였다. 저서로는 『돈암전서』 7권 5책이 있다.

기러기 져 기러기 네 行列 부럽고야
형우 데공이야 데 어이 아라마난
다만지 쥬야의 함긔 날믈 못닉 부러 허노라

기러기 저 기러기 네 행렬 부럽구나
형우 제공이야 네 어이 알랴마는
다만지 주야에 함께 낢을 못내 부러워 하노라

감상

형은 아우를 사랑하고, 아우는 형을 공경한다는 사람의 도리를 기러기야 알까마는, 가을 천공을 나란히 가는 기러기 떼를 보면서 나도 한갓 새들의 우애와 다정함이 부럽다.

'다만지'는 시조 종장 첫마디를 3음절로 고정하여 부르는 형식적 전통을 지키기 위해 '다만'에 뜻 없는 '지'를 붙인 것인데 다소 뜻이 강조된다고도 볼 수 있다. '다만단' '다만당'과 같은 쓰임이다.

나뷔야 靑山 가자 범나뷔 너도 가자
가다가 저무러든 곳에 드러 자고 가자
곳에서 푸ᄃᆡ졉하거든 입헤서나 자고 가자

나비야 청산 가자 범나비 너도 가자
가다가 저물거든 꽃에 들어 자고 가자
꽃에서 푸대접하거든 잎에서나 자고 가자

감상

노래하는 이는 나비도 범나비도 차별하지 말고 함께, 꽃이거나 잎이거나 탓하지 말고 두루 한데 어울려 살자는 대화엄의 세계를 노래하고 있다.

85수가 실려 있는 『교합아악부가집校合雅樂部歌集』에는 작자가 유호인兪好仁으로 표기되어 있고 999수가 실린 육당본 『청구영언』에는 계이삭대엽이라는 악곡표지가 붙어 있다. 계면조의 곡태 형용은 마치 왕소군이 한나라를 떠나 호지로 끌려 갈 때 백설은 흩날리는데 말 위에서 비파를 타니 성률이 흐느껴 처량하고 구슬픈 원한이 격렬하는 듯하니 눈물이 흐를 것처럼 애연처창하게 부르라는 것이다. 이 노래는 결코 한량이 아무데서나 함부로 놀자고 하는 노래가 아니다.

ᄆᆞ음아 너ᄂᆞᆫ어이 ᄆᆡ양에 져멋ᄂᆞᆫ다
내 늘글적이면 넨들아니 늘글소냐
아마도 너 좃녀 ᄃᆞᆫ니다가 ᄂᆞᆷ우일가 ᄒᆞ노라

마음아 너는 어이 매양에 젊었는다
내 늙을 적이면 넌들 아니 늙을쏘냐
아마도 너 좇녀 다니다가 남 웃길까 하노라

감상

몸이 늙으면 마음도 늙어야 할 것을. 마음은 매양 청춘이라, 젊은 마음 좇아다니다가 늙은 몸에 어울리지 않게 노는 내 꼴을 보고 남들이 웃을까 걱정이라는 솔직한 노래다.

『가곡원류歌曲源流』 가람본(이병기), 규장각본, 일석본(이희승)에는 작자가 서경덕徐敬德 1489~1546으로 표기된 이수대엽 계열의 노래다. 화담 서경덕은 한국 기철학의 학맥을 형성한 조선 중종 때의 대학자로서 『화담집花潭集』을 남기고 있다. 황진이를 그리워하며 지은 것으로 알려진 "ᄆᆞ음이 어린 후이니 ᄒᆞᄂᆞᆫ 일이 다 어리다"라는 시조가 있다.

마음이 咫尺이면 千里라도 咫尺이오
마음이 千里오면 咫尺도 千里로다
우리는 各在千里오나 咫尺인가 ᄒᆞ노라

마음이 지척이면 천리라도 지척이요
마음이 천리이면 지척도 천리로다
우리는 각재천리오나 지척인가 하노라

감상

마음이 가까이 있으면 멀리 있어도 함께 있는 것 같고, 마음이 멀리 가 있으면 함께 있어도 남만 같은 것. 두 사람은 각자 멀리 떨어져 있으나, 마음만은 늘 함께 있는 듯 가까운 사이란다.

999편의 노래가 실려 있는 육당본(최남선) 『청구영언靑丘永言』의 악곡 표지는 우이수대엽羽二數大葉이다. 우조羽調는 순임금이 남훈전에 나아가 오현금을 타서 백성들의 근심을 풀어주는 가락으로 성률이 정대 화평하고 맑고 기운차며 소탈하여 화창하니, 마치 옥으로 만든 술항아리를 쳐 깨뜨리는 소리가 나는 것 같은 느낌으로 부르는 노래란다. 옥항아리를 떨어뜨리는 것도 아니고 쳐서 깨뜨러지며 나는 소리는 대체 어떤 소리일까.

ᄆᆞᆯ은 가려 울고 님은 잡고 아니놋ᄂᆡ
夕陽은 재를 넘고 갈 길은 千里로다
져 님아 가ᄂᆞᆫ 날 잡지 말고 지ᄂᆞᆫ ᄒᆡ를 ᄌᆞᆸ아라

말은 가려 울고 님은 잡고 아니 놓네
석양은 재를 넘고 갈 길은 천리로다
저 님아 가는 날 잡지 말고 지는 해를 잡아라

감상

해 떨어져 어두워지고 갈 길은 머니, 말은 어서 가자 우는데 임은 팔소매 부여잡고 놓지 않는다. 노래하는 이도 가기는 싫은 모양이다. 지는 해를 어이 잡을꼬.

육당본『청구영언』에는 계이삭대엽으로 부른다 했는데 이런 옛시조가 슬프게만 다가오지 않는 것은 우리말의 유연하고 멋스런 말부림 덕이다.

말ᄒᆞ기 죠타ᄒᆞ고 ᄂᆞᆷ의 말을 마를거시
ᄂᆞᆷ의 말 내 ᄒᆞ면 ᄂᆞᆷ도 내말 ᄒᆞᄂᆞᆫ거시
말로셔 말이 만흐니 말모로미 죠해라

말하기 좋다 하고 남의 말을 말을 것이
남의 말 내 하면 남도 내 말 하는 것이
말로써 말이 많으니 말 모름이 좋아라

감상

내가 남의 허물을 들추는 것은 쉽다. 쉬운 만큼 그 들춘 말이 곧 내 허물이 된다. 그러니 함부로 남의 말을 하지 말라는 말씀이다.

580수가 실려 있는 조선진서간행위원회 활자본인 진본『청구영언』에는 삼수대엽三數大葉이라는 악곡표지가 붙어있다. 궁궐을 지키는 장수가 출전하여 칼을 휘두르고 창으로 찌르는 듯한 기상으로 부르는 노래라니, 분명하고 강한 어조의 남창男唱이 떠오른다.

바람에 휘엿노라 굽은 솔 웃지마라
春風에 픤곳지 每樣에 고와시랴
風飄飄 雪紛紛할졔야 날을 부러리라

바람에 휘었노라 굽은 솔 웃지 마라
춘풍에 핀 꽃이 매양에 고왔으랴
풍표표 설분분할 제야 날을 부러 하리라

감상

봄바람에 핀 꽃들아. 굽은 솔 보고 웃지 마라. 바람 불고 눈발 날리면 청청한 노송의 자태를 부러워할 것이니. 어쩌면 이 노래는 노인들을 비웃지 말라는, 젊은이들에게 주는 경계의 말일 수도 있다. 이런 유의 옛시조가 다양하게 전한다.

홍재휴 소장본 『청구영언[靑丘永言]』과 가람 이병기 소장본 『청구영언[靑丘詠言]』은 작자를 최영으로, 육당본은 인평대군으로 적고 있다.

봄이 간다커늘 술 싯고 餞送 가니
落花 ᄒᆞ난 곳에 간 곳을 모를너니
柳幕에 쐬꼬리 이르기를 어ᄌᆡ 갓다 ᄒᆞ더라

봄이 간다하거늘 술 싣고 전송 가니
낙화 많은 곳에 간 곳을 모르겠더니
버들숲 꾀꼬리 이르기를 어제 갔다 하더라

감상

봄이 간다기에 술 싣고 전송 간다는 이 낭만. 낭만도 낭만이지만 꽃잎은 쌓여 산길을 덮고 있으니 봄은 어느 길로 지나갔을까. 때마침 버들 숲에 꾀꼬리가 우니 봄이 간 길로 여름이 저만치서 오고 있음을 알겠다. 아름다운 풍경이 있고 멋들어진 가인이 있다. 가람본 『청구영언』은 작자가 조윤성曹允成이라 적고 있다. 세종 연간에 승문원 박사를 지냈다는 기록이 전한다.

ᄉᆞ랑 거즛말이 님 날 ᄉᆞ랑 거즛말이
ᄭᅮᆷ에 뵌닷 말이 긔 더옥 거즛말이
날ᄀᆞᆺ치 ᄌᆞᆷ 아니 오면 어ᄂᆡ ᄭᅮᆷ에 뵈이리

사랑 거짓말이 임 날 사랑 거짓말이
꿈에 뵌단 말이 그 더욱 거짓말이
나같이 잠 아니 오면 어느 꿈에 뵈이리

감상

사랑은 거짓말. 임이 날 사랑한다는 말은 거짓말. 꿈에라도 보자는 말은 더욱 거짓말. 노래하는 이는 임 생각에 잠을 이루지 못하니 꿈을 꿀 수 없다는 말이다. 슬프다면 슬플 노래가 사랑·거짓말·꿈을 반복하면서 수다스러워지니 하나도 슬프지 않게 들린다.

『병와가곡집』에는 작자가 김상용金尙容 1561~1637으로 표기되어 있고 악곡표지는 이수대엽이다. 김상용은 조선 중기의 문신으로, 병자호란 때 빈궁과 원손을 수행하여 강화도에 피란했다가, 성이 함락되자 화약에 불을 질러 순절했다. "가노라 삼각산아 다시 보자 한강수야"의 작자 김상헌金尙憲의 형이다.

世上에 藥도 만코 드는 칼이 잇다ᄒᆞ되
情버힐 칼이 업고 님 이즐 약이 업네
두어라 잇고 버히기는 後天에 가 ᄒᆞ리라

세상에 약도 많고 드는 칼이 있다 하되
정 베일 칼이 없고 임 잊을 약이 없네
두어라 잊고 베이기는 후천에 가 하리라

감상

임 잊지 못하겠다는 노래를 옛사람들은 이렇게 멋들어지게 하고 있다. 세상에 약도 많고 잘 드는 칼이 있다 해도 정 베어낼 칼도 없고 임 잊을 약도 없으니, 임 잊고 정 베어내는 일일랑은 죽어 저 세상에서나 하겠다는 것이다. 하!

小園 百花叢에 ᄂᆞ니ᄂᆞᆫ 나븨들아
香ᄂᆡ를 됴히 너겨 柯枝마다 안지마라
夕陽에 숨구든 거믜ᄂᆞᆫ 그물 걸고 기ᄃᆞ린다

소원 백화총에 노니는 나비들아
향내를 좋이 여겨 가지마다 앉지 마라
석양에 험궂은 거미는 그물 걸고 기다린다

감상

꽃향기 속에 무슨 독이 있는 걸까. 꽃밭에 무슨 덫이 숨어 있는 걸까. 겉보기 좋다고 속내 모르고 함께 했다가 낭패를 볼 수 있다는 인간사를 빗대어 노래했다.

이수대엽으로 불린 이 노래의 작자는 『병와가곡집』에 의하면 인조의 셋째 아들, 인평대군麟坪大君 1622~1658이다. 병자호란을 겪고 청나라에 볼모로 끌려가기도 했던 그 짧고 서러운 생애가 이런 경계의 의미를 담은 시조를 몇 수 남겼다.

松林에 눈이 오니 柯枝마다 고치로다
ᄒᆞᆫ柯枝 것거ᄂᆡ여 님 계신ᄃᆡ 보ᄂᆡ고져
님계셔 보오신 후에 노가진들 어더리

송림에 눈이 오니 가지마다 꽃이로다
한 가지 꺾어 내어 임 계신 데 보내고저
임께서 보오신 후에 녹아진들 어떠리

감상

소나무 숲에 눈은 내려, 솔가지 솔잎에 다보록이 앉은 눈이 어찌 꽃송이가 아닐까. 그 솔가지 하나 꺾어, 임 계신 데 보내고 싶은 마음은 또 얼마나 고운가. 그 임이 그 꽃송이 보시온 뒤에 눈꽃이 녹으면 어떨까 하는 마음은 또 얼마나 멋들어진가.

이 작품에는 박상수朴相洙 소장본 노래책『시가詩歌』에 이수대엽二數大葉이라는 악곡표지가 붙어있다. 이수대엽은 공자가 행단에서 설법하니 비가 때맞추어 내리며 바람이 고르게 부는 듯한 느낌으로 부르는 노래라니 안정되고 평온한 분위기가 될 것 같다.

1109수가 실려 있는『병와가곡집瓶窩歌曲集』과 성주본『송강가사松江歌辭』에는 작자가 정철鄭澈 1536~1593로 표기되어 있다. 송강 정철의 작품으로는「관동별곡」,「사미인곡」,「속미인곡」등의 가사와 훈민가 16수, 기녀 진옥과 수작시조酬酌時調 등을 포함하여 107수의 시조가 전한다.

재 우희 셧는 솔이 本듸 놉하 놉지 안여
션 곳이 놉흠으로 놉흔듯 ᄒᆞ건이와
개울에 落落長松이야 眞的ㅅ 놉흔 솔이라

재 위에 섰는 솔이 본디 높아 높지 아녀
선 곳이 높으므로 높은 듯 하거니와
개울의 낙락장송이야 진적 높은 솔이라

감상

고개 위에 서있는 솔이 본래 높아서 높은 것이 아니라 고개 위에 서 있으니 고개를 들고 바라봐야 하는 것. 저 아래 개울가 휘휘 늘어진 늙은 소나무가 진실로 키 큰 솔 아니겠나. 높은 데 있다고 다 높은 것이 아니지. 낮은 데 있다고 다 낮은 것이 아니듯. 본분을 알고, 겸허히 처신하라는 노래일 수 있다.

져 少年 웃지 말소 나도 前의 졀머실 제
늘근 사람 보면 엇지 그런고 ᄒᆞ엿더니
卽今의 그 일 ᄉᆡᆼ각ᄒᆞᆫ 則 뉘웃브기 ᄀᆞ이업ᄂᆡ

저 소년 웃지 마소 나도 전에 젊었을 때
늙은 사람 보면 어찌 그런가 하였더니
즉금에 그 일 생각한 즉 뉘우치기 가이없네

감상

노인들의 둔한 말이며 행동을 보고 웃던 어린 날의 잘못을 뉘우치는 노래다. 어리던 날엔 몰랐던 노인의 서글픈 사정을 노인이 되고서야 아는 것이다. 눈이 침침하여 글씨가 잘 보이지 않고 몸이 예전처럼 가볍지 않아 굼뜬 행동이 젊은 사람들 보기엔 답답하기도 하겠지. 그러나 젊음은 잠깐이다. 오늘의 대한민국을 만드느라 애써 살아온 부모 조부모 세대는 뼈저리게 그걸 안다. 56수가 실린 김이익金履翼의 『금강영언록金剛永言錄』에 전하는 노래다.

春風에 떨어진 梅花 이리 저리 날리다가
낡게도 못 오르고 걸리고나 거뮈줄에
저 거뮈 매환줄 모르고 나뷔 감듯 하더라

춘풍에 떨어진 매화 이리 저리 날리다가
나무에도 못 오르고 걸렸구나 거미줄에
저 거미 매화인줄 모르고 나비 감듯 하더라

감상

봄바람에 매화 꽃잎이 날리다가 거미줄에 사뿐 앉았는데, 거미가 다가와 나비나 파리 쯤 알고 친친 감는 모습을 노래했다. 거미는 급했던 걸까, 어리석었던 걸까. 선명한 영상이다.

평양에서 7000부 찍었다는 조선문학예술총동맹 출판사의 조선고전문학선집 23『시조선집』에서 옮긴 작품이다. 김하명이 1963년에 엮은 이 책값은 3원 20전이다. 심재완의『교본 역대시조전서』에도 없고, 고려대학교 민족문화연구원에서 최근 만든『고시조대전』에도 없는 작품이다.

ᄒᆡ 다 져 져문 날에 지져귀ᄂᆞᆫ 참ᄉᆡ들아
조고마ᄒᆞᆫ 몸이 半柯枝도 足ᄒᆞ거늘
엇더타 크나큰 덤불을 ᄉᆡ와 무슴 ᄒᆞ리

해 다 져 저문 날에 지저귀는 참새들아
조그마한 몸이 반가지도 족하거늘
어떻다 크나 큰 덤불을 새와 무슴 하리오

감상

작은 덤불가지에 깃들면 될 것을 구태여 크나큰 덤불에 깃들려는 참새들의 부산한 몸놀림을 보며, 분수를 모르는 사람들을 빗댄 노래다.

이수대엽으로 불린 이 노래는 『병와가곡집』에 작자가 조명이趙明履으로 표기되어 있으나 이 작자에 대한 기록은 전하지 않는다.

황진이(黃眞伊)

어져 내 일이야 그릴 줄을 모로드냐
이시라 ᄒᆞ더면 가랴마ᄂᆞᆫ 제 구ᄐᆡ야
보내고 그리ᄂᆞᆫ 정[情]은 나도 몰라 ᄒᆞ노라

아아 내 하는 일이여 그리울 줄 몰랐던가
있으라 했다면 가랴마는 제 구태여
보내고 그리는 정은 나도 몰라 하노라

감상

진이가 기생이 되기 전에 이웃집 총각 홍윤보의 죽음을 애도하며 부른 노래다. 총각은 진이를 사모하였으나 말 한번 건네지 못하고 상사병에 죽고 말았다. 총각의 상여가 진이 집 앞을 지날 때 멈추어 꿈쩍하지 않았다. 진이가 나와 말 잔등 위에 속적삼과 꽃신을 얹어주니 그제야 말이 뚜벅뚜벅 지나갔다는 전설 같은 이야기가 전한다. 그 때의 회한을 이렇게 노래한 뒤에 진이는 서둘러 기생이 되었다(『송양기구전』).

청산리[靑山裏] 벽계수[碧溪水] ㅣ야 수이 감을 쟈랑 마라
일도[一到] 창해[滄海] ᄒᆞ면 도라 오기 어려오니
명월[明月]이 만공산[滿空山] ᄒᆞ니 수여 간들 엇더리

청산리 벽계수야 쉬이 감을 자랑 마라
일도 창해하면 돌아오기 어려우니
명월이 만공산하니 쉬어 간들 어떠리

감상

황진이는 중종 때 개성의 이름난 기생이다. 진사의 딸로 태어나 뛰어난 재주와 용모로 문인 석학들을 매혹시켰다.

종실의 벽계수란 이가 있어 한번 보고자 하나, 진이는 풍류명사가 아니면 교유할 수 없다고 했다. 손곡[蓀谷] 이달[李達]에게 벽계수가 진이를 보고자 청하여 한 수 가르침을 받았으니, 소동으로 하여 거문고를 끼고 뒤따르게 하고 작은 나귀를 타고 진이 집 앞을 지나 누각에 올라 술을 마시며 탄주하면, 진이가 올 것이나 본체만체 하고 가라는 것. 진이가 나타나도 취적교를 지나도록 돌아보지 않아야 할 것.

이런 가르침을 받았으나 진이가 나와 "청산리 벽계수여. 쉬이 흘러감을 자랑 마소. 한번 흘러 바다에 이르면 다시 돌아올 수 없다오. 밝은 달 빈산에 이토록 환한데 그냥 어이 가시렵니까." 푸른 시내를 가리키는 벽계수는 종신 벽계수의 이름이고 명월은 진이의 기명이다.

취적교에 이른 벽계수는 청아한 진이의 노랫소리를 듣고 돌아보다 그만 나귀 등에서 떨어지고 말았다. 벽계수는 명사가 아니고 한낱 풍류랑에 지나지 않는다며 진이는 뒤도 안 돌아보고 갔다(『금계필담』).

동지(冬至)ㅅ돌 기나긴 밤을 한 허리를 버혀 내여
춘풍(春風) 니불 아레 서리서리 너헛다가
어론님 오신 날 밤이여든 구뷔구뷔 펴리라

동짓달 기나긴 밤을 한 허리를 베어 내어
춘풍 이불 아래 서리서리 넣었다가
어른님 오신 날 밤이면 굽이굽이 펴리라

감상

진이가 당대의 명창 이사종을 만난 것은 스물일곱 살 때였다. 서화담이 생전에 거처하던 초당을 찾아보고 돌아오던 길에 마침 박연폭포와 송악산을 구경하고 오던 이사종을 만난 것이다. 황진이와 이사종의 애정편력을 보여주는 글이 『어우야담』에 보이는데, 황진이가 이사종과 더불어 그의 집에서 3년, 자기 집에서 3년 도합 6년간의 애정생활을 마치고 깨끗이 이별했다는 기록으로 보아 현대판 계약결혼 아닌가(박을수, 『시조시화』, 성문각, 1977).

이사종과 헤어진 뒤 그를 그리며 낭창낭창 이 노래를 불렀으니, 애 끊는 바는 없으나 황진이 시조미학의 최대치라 하겠다.

천금(千錦)

산촌山村에 밤이 드니 먼듸 ᄀᆡ 즈져 온다
시비柴扉를 열고 보니 하늘이 ᄎᆞ고 달이로다
져 ᄀᆡ야 공산空山 잠든 달을 즈져 무슴 ᄒᆞ리오

산촌에 밤이 드니 먼 데 개 짖어 온다
사립문 열고 보니 하늘이 차고 달이로다
저 개야 빈 산 잠든 달을 짖어 무엇 하리오

감상

천금을 생각한다. 비단결 같이 아름다운 여자. 산마을에 사는 여자. 밤들어 먼 데 개 짖는 소리 들려온다. 행여 먼 데 그 사람 돌아오는가. 사립문 열고 나서보니 날은 차고 천공의 달만 높아 으스스 움츠리고 돌아드는 여자. 달보고 기뻐 짖어대는 개가 일없이 야속한 여자.

송이(松伊)

솔이 솔이라 ᄒᆞ여 무ᄉᆞᆷ 솔만 너겨더니
천심千尋 절벽絶壁에 낙락장송落落長松 ᄂᆡ 긔로다
길 아ᄅᆡ 초동樵童의 졉낫시야 걸어 볼 줄 이시랴

솔이 솔이라 하여 무슨 솔로만 여겼느냐
천길 절벽에 낙락장송 내 그로다
길 아래 나무꾼 작은 낫이야 걸어볼 수 있으랴

감상

기녀시조 가운데 이만큼 도도한 성품을 드러낸 작품도 없다. 사람들 입에 자주 오르내리던 송이는 무엇으로 인기가 좋았을까. 미모가 빼어났을까, 시서화에 능했던 걸까. 아니면 노래를 잘 불렀던 걸까. 송이 노래가 가람본『청구영언』이나『병와가곡집』에 6수나 전하는 걸 보면 노래를 잘 한 것임에는 틀림없다.

솔이, 솔이 하고 사람들이 쉽게 불러대니 내가 그렇게 만만한 줄 알았느냐는 것이다. 천 길 낭떠러지 위에 곧게 벋은 큰 소나무가 나일러니 주제를 모르고 함부로 덤비지 말라는 것이다.

옥玉 ᄀᆞᆺ튼 한궁녀漢宮女도 호지胡地예 진토塵土되고
해어화解語花 양귀비陽貴妃도 역로驛路에 뭇쳣ᄂᆞ니
각씨閣氏내 일시화용一時花容을 앗겨 무ᄉᆞᆷ ᄒᆞ리오

옥 같은 한나라 궁녀도 오랑캐 땅 한줌 흙이 되고
해어화 양귀비도 마외역에서 죽었으니
각씨네 잠시 꽃 같은 얼굴을 아껴 무엇 하리오

감상

한나라 원제 때 궁녀 왕소군은 절세의 미녀였다. 왕을 한 번도 모시지 못한 채 왕소군은 흉노족의 첩이 되었다가 흉노의 땅에서 죽었다. 당나라 현종의 말하는 꽃 양귀비도 마외역에서 죽었다. 중국 고사를 들어가며 인생무상을 노래하고 있다. 사랑을 구하는 노래 아닌가.

송이의 시조가 6수라는 이도 있고 9수라는 이도 있다. 물론 작가가 다른 이로 나온 혼기混記 현상이 송이의 경우만은 아니다. 김천택과 같은 가객이 모아 노래책을 엮었기에 그나마 오늘 우리가 무슨 노래를 누가 불렀는지 알 수 있는 것이다.

고시조는 오랜 세월을 지나오며 작가명이 유실되어 무명씨가 되거나 실명씨가 된 경우가 많다. 지은이가 없이 어떻게 작품이 나오는가. 좋은 노래는 여기저기서 불리다가 나중에는 누가 지었는지도 모르고 좋아 부르게 된다. 누가 지었는지 모르지만 좋아서 그것을 누군가 채록했으니 오늘날 무명씨나 실명씨로 전해지는 것이다.

ᄃᆞᆰ아 우지말아 날우노라 ᄌᆞ랑말아
반야半夜 진관秦關에 맹상군孟嘗君 안니로라
오ᄂᆞᆯ은 님 오신 ᄂᆞᆯ이니 안니 운ᄃᆞᆯ 엇더리

닭아 울지 말아 일찍 운다고 자랑 말아
한밤중 진나라 관에 맹상군 아니로다
오늘은 임 오신 날이니 아니 운들 어떠리

감상

닭에게 꼭두새벽에 일어나 운다고 자랑 마란다. 한밤중에 새벽이 온 줄 알고 울어야 하는 상황이 아니라는 것이다. 어떤 상황인가. 오랜만에 임이 오신 날이니 새벽이 오지 않으면 좋을 밤이다.

제나라의 맹상군이 진나라에서 붙잡혀 죽을 위기에 처했다. 도망치다가 국경 가까이 함곡관에 당도하니 성문이 닫혀있었다. 그 때 제나라에서 돌보던 맹상군의 식객 중 한 사람이 닭울음소리를 내었다. 수문장은 날이 샌 줄 알고 성문을 활짝 열었다. 현명하여 덕을 많이 쌓은 맹상군은 제나라로 도망쳐 목숨을 구할 수 있었다는 고사를 배경으로 한 노래다.

홍랑(洪娘)

묏버들 갈ᄒᆡ 것거 보내노라 님의 손ᄃᆡ
자시ᄂᆞᆫ 창[窓]밧긔 심거두고 보쇼셔
밤비예 새닙곳 나거든 날인가도 너기쇼셔

묏버들 가려 꺾어 보내노라 임에게
주무시는 창밖에 심어두고 보소서
밤비에 새 잎이 나거든 나인가도 여기소서

감상

산길의 좋은 버들 한 가지 가려 꺾어 임에게 보내고 싶단다. 임 주무시는 창 밖에 심어두고 보시라고. 밤비에 새잎이 나오면 날 보듯 하시라고. 이별한 임에게 버들가지를 보내는 것은 이듬해 봄 가장 먼저 잎이 나오듯이 빨리 다시 만나자는 마음이 담겨 있다.

이 작품은 고죽 최경창[1539~1583]이 북해평사로 경성에 가 있을 때 교유한 홍랑이 임무를 다 하고 떠난 고죽에게 지어 보낸 시조다. 병중이라는 소식에 홍랑은 2천리 먼 길을 밤낮으로 걸어가 그의 곁을 지켰는데 이 때문에 고죽은 파직되었다. 고죽이 죽어 파주에 묻히자 홍랑은 초막을 짓고 9년간 시묘살이 하다 그의 곁에 묻혔다. 파주 교하면 청석리 고죽과 홍랑의 봉분 옆에 두 사람의 시비가 있다는데 꼭 한번 가보고 싶다. 홍랑의 무덤가에 제비꽃은 피었는지 찬찬이 돌아보며 맑은 술 한잔 올리고 싶다.

헤어진 뒤의 사랑과 그리움의 정한을 이토록 은근하고 유려하게 전한 홍랑 시조의 멋을 초정은 황진이의 "동짓달~ " 보다 높이 평가했다. "간을 저미도록 아픈 그의 심회를 이 한 수의 시조에 족히 담을 수 있었던 것은 무슨 힘인가. 그것은 그 개인으로서의 천품天稟인 동시에 또한 한국 여인으로서의 천품이기도 하다. 요즘 유행하는 저급한 서구식 연애감정과는 아예 그 차원이 다르지 않은가(김상옥, 「멋의 주형鑄型」, 『한국시조선집』, 한국시조작가협회, 1967)."

매화(梅花)

매화梅花 넷 등걸에 봄졀이 도라 오니
넷 퓌던 가지柯枝에 픠염즉도 ᄒᆞ다마ᄂᆞᆫ
춘설春雪이 난분분亂紛紛ᄒᆞ니 필동말동 ᄒᆞ여라

매화 묵은 가지에 봄이 돌아오니
옛 피던 가지에 필만도 하다마는
춘설이 난분분하니 필동말동 하여라

감상

매화는 영조 때 평양기생. 매화 꽃피던 가지에 봄이 돌아오니 꽃이 다시 필 것도 같은데 봄눈이 어지럽게 흩날리니 필지말지 모르겠단다.

매화꽃과 지은이 매화 자신의 이름을 중의적으로 썼다. 봄눈이 어지럽게 와 추우니 꽃봉오리가 눈을 뜰 수 있을지 모르겠다는 말. 한편으로는, 늙은 매화가 꽃다운 젊은 날을 회상해보지만 춘설이라는 젊은 여인이 연적으로 나타나 훼방을 놓으니 임을 다시 만날 수 있을지 모르겠다는 푸념일 수 있는데, 아무래도 후자 쪽이 긴장감 있어 재밌다.

명옥(明玉)

ᄭᅮᆷ에 뵈ᄂᆞᆫ 님이 신의信義업다 ᄒᆞ것마ᄂᆞᆫ
탐탐貪貪이 그리올제 ᄭᅮᆷ 아니면 어이 보리
져 님아 ᄭᅮᆷ이라 말고 ᄌᆞ로ᄌᆞ로 뵈시쇼

꿈에 보이는 임이 신의 없다 하건마는
간절히 그리울 때 꿈 아니면 어이 보리
임이여 꿈이라 말고 자주자주 보이소서.

감상

간절히 그리워도 만날 수 없는 임이니 꿈에라도 자주 나타나라는 것. 슬프다고 해야 할까, 가엾다고 해야 할까. 이 노래는 혼자 부르는 노래일 수도 있지만 향유 현장에서 "저 임아"라고 부를 만한 남정네 들으라고 하는 노래. 그쯤 되면 판에 흥이 좀 올라서 만나지 못해 애태우던 마음들이 그러마고, 꿈에라도 만나자고 한바탕 웃음이 나올 수도 있겠다. 육당본『청구영언』에 우이삭대엽羽二數大葉이라는 악곡표지가 그걸 뒷받침한다. 우조의 악상樂想은 남성적이고 영웅적이며 꿋꿋하고 호탕한 느낌을 주는 악조다. 이삭대엽에 우조를 얹었으니 슬프거나 가여운 정서는 벗고 담담하고 온화하되 높은 조로 불렀을 것.

소춘풍(笑春風)

당우唐虞를 어제 본듯 한당송漢唐宋 오늘 본듯
통고금通古今 달사리達事理ᄒᆞ는 명철사明哲士를 엇덧타고
저 설띄 역력歷歷히 모르는 무부武夫를 어이 조츠리

당우를 어제 본 듯 한당송 오늘 본 듯
통고금 달사리 하는 명철사를 어떻다고
저 설 데 역력히 모르는 무부를 어이 좇으리

감상

덕으로 백성을 다스리던 요순시대 같고 경학이 융성하던 한당송 시절 같아, 옛날과 오늘날의 일을 두루 알고 사리에 밝은 명석한 선비들을 어떻다고 버리고, 제 처지도 모르고 설치는 무관들을 어이 따르겠냐고, 성종 임금이 베푸는 주연에서 소춘풍이 문관들 앞에 나아가 술을 따르며 부른 노래다.

이쯤 되면 무관들은 붉으락푸르락 했겠다. 그러자 이번에는 소춘풍이 무관들 앞에 나아가 술을 따르며 노래했다.

전언前言은 희지이戲之耳라 ᄂᆡ 말ᄉᆞᆷ 허물마오
문무文武 일체一體ᅵᆫ줄 나도 잠간暫間 아ᄋᆞᆸ거니
두어라 규규무부赳赳武夫를 아니 좃고 어이라

전언은 희지이라 내 말씀 허물 마오
문무 일체인 줄 나도 잠깐 아옵거니
두어라 규규무부를 아니 좇고 어이리

감상

"앞에 한 말씀은 웃자는 말이니 허물 마오. 문관과 무관이 하나임을 내가 왜 모르겠습니까. 내 어이 용맹스런 무관을 따르지 않으리." 이렇게 문관과 무관을 한자리에서 희롱해놓고 소춘풍은 그들 틈에서 눈치 보는 게 서러웠던지 제 처지를 비유한 노래를 불렀다.

제齊도 대국大國이오 초楚도 역대국亦大國이라
됴고만 등국滕國이 간어제초間於齊楚 ᄒᆞ여시니
두어라 하사비군何事非君가 사제사초事齊事楚 ᄒᆞ리라

제나라도 대국이요 초나라도 역시 대국이라
조그만 등국이 제와 초 사이에 끼었으니
두어라 이 다 좋으니 제도 초도 섬기리라

감상

제나라도 대국이고 초나라도 대국인데 그 사이 조그만 등국이 끼어 있으니 어쩌겠나. 제나라도 초나라도 좋으니 모두 섬기겠다고 자신을 간어제초, 등국에 비유하며 문무를 떡 주무르듯이 희롱한 것 아닌가. 어쨌거나 소춘풍은 이런 기지를 발휘하여 주연의 분위기를 화락하게 만들었다. 성종은 이 총명한 여인에게 비단과 호랑이 털가죽을 상으로 내렸다.